CW00495990

Peter Handke
Eine winterliche Reise zu den Flüssen Donau, Save, Morawa und Drina

oder

Gerechtigkeit für Serbien

Suhrkamp

Der vorliegende Text erschien am 5./6. Januar
und am 13./14. Januar 1996 in der *Süddeutschen Zeitung*
unter dem von der Redaktion gewählten Titel
»Gerechtigkeit für Serbien. Eine winterliche
Reise zu den Flüssen Donau, Save, Morawa
und Drina«.

Zweite Auflage 1996
© Suhrkamp Verlag Frankfurt am Main 1996
Alle Rechte vorbehalten
Satz: Libro, Kriftel
Druck: Nomos Verlagsgesellschaft, Baden-Baden
Printed in Germany

Für die Redakteure:
Elisabeth Bauschmid, Klaus Podak, Achim Zons,
und den Gestalter (Layouter)
Gerhard Engel

Inhalt

»Ach, ich erinnere mich: damals unterschrieb ich Brie-
fe mit Poor Yorick, und meine Mutter ging den
ganzen Tag in der Nachbarschaft umher und fragte,
wer denn dieser Yorick sei. Eh, so lebte man vor dem
Krieg.«

»Was macht es uns aus, drei Millionen Menschen zu
töten. Der Himmel ist überall der gleiche, und blau, so
blau. Der Tod ist noch einmal gekommen, aber nach
ihm wird die Freiheit kommen. Wir werden frei und
komisch sein.«

»Als der erste Schnee fiel, lernten wir uns besser
kennen.«

Miloš Crnjanski,
Tagebuch über Čarnojević,
1921

I
Vor der Reise

Schon lange, nun fast vier Jahre lang, seit dem
Ende des Krieges in Ostslawonien, der Zer-
störung von Vukovar, seit dem Ausbruch des
Krieges in Bosnien-Herzegowina, hatte ich
vorgehabt, nach Serbien zu fahren. Ich kannte
von dem Land einzig Belgrad, wohin ich vor
beinah drei Jahrzehnten als Autor eines stum-
men Stücks eingeladen war zu einem Theater-
festival. Von jenen vielleicht eineinhalb Tagen
habe ich nur behalten meinen jugendlichen
oder eben autorhaften Unwillen wegen einer
unaufhörlichen Unruhe, angesichts der wort-
losen Aufführung, in dem serbischen Publi-
kum, welches, so mein damaliger Gedanke,
südländisch oder balkanesisch, wie es war, natürlich nicht reif sein konnte für ein so lang-
andauerndes Schweigen auf der Bühne. Von
der großen Stadt Belgrad ist mir von damals
nichts im Gedächtnis geblieben als eine eher
sachte Abschüssigkeit beidseits zu den unten

in der Ebene zusammenströmenden Flüssen Save und Donau hin – kein Bild hingegen von den beiden Wassern, die Horizonte verriegelt von den »typisch kommunistischen« Hochblöcken. Erst jetzt, vor kurzem, bei meinem zweiten Aufenthalt in der serbischen, seinerzeit jugoslawischen Hauptstadt, kam mir dort, in einer mit Linden, herbstblätterverstreuenden, gesäumten Seitenstraße, beim zufälligen Gehen an einem »Haus der Schriftsteller« vorbei, in den Sinn, daß ich einstmals sogar drinnen gewesen war, bewirtet und nebenbei in meinem juvenilen Autorengehabe freundlichst verspottet von dem gar nicht so viel älteren, damals in ganz Europa berühmten, auch von mir ziemlich begeistert gelesenen Schriftsteller Miodrag Bulatović, »Der rote Hahn fliegt himmelwärts«. (Er ist vor ein paar Jahren gestorben, mitten im jugoslawischen Krieg, bis zuletzt, wie mir in Belgrad erzählt wurde, spottlustig gegen jedermann und zugleich immer hilfsbereit; gab es außerhalb seines Landes Nachrufe auf ihn?)
Es war vor allem der Kriege wegen, daß ich nach Serbien wollte, in das Land der allgemein

Es traf sich, daß ich schon lange zwei Freunde
aus Serbien habe, die beide ziemlich jung aus
ihrem Land weggegangen sind, in mehr oder
weniger großen Abständen aber heimkehren,
auch jetzt während des Kriegs: Besuch der
Eltern, oder der verwitweten Mutter, und/
oder des einen und anderen ehelichen oder
unehelichen Kindes samt frühverlassener serbischer Geliebter. Der eine ist Žarko Radaković, Übersetzer von einigen meiner Dinge ins
Serbische, und *à ses heures*, wie es so einleuchtend französisch heißt, »zu seinen Stunden«,
selber ein Schreiber; im Geldberuf freilich,
nach seinem Studium in Belgrad und dann
lange in Tübingen, Übersetzer und Sprecher
deutschsprachiger Zeitungsartikel bei der bal-
kanwärts gerichteten Funkstelle der »Deutschen Welle«: selbst da, in einem nicht sel-
tenen Zwiespalt zwischen Serbe-Sein und
Gegensprechen-Müssen (so etwa die keinmal
auch nur in einem Anhauch »proserbischen«
Tendenzkartätschen aus der *FAZ*), ein treu-
licher Übersetzer – Sprecher dagegen manchmal eher mit versagender Stimme. Mag sein,
daß solche Existenz auch zu dem Verstum-

men beitrug, welches meinen Freund seit Kriegsbeginn befallen hatte, nicht bloß vor der Feindes-, sondern sogar vor der Freundeswelt, und so auch vor mir. Zwar übersetzte er weiterhin dies und jenes, und das kam, trotz des Krieges, in Belgrad, Niš oder Novi Sad als Buch heraus: doch ich erfuhr von ihm nichts mehr davon – Žarko R. lebte, übersetzte und schrieb wie in einer selbstgewählten Verdunkelung. Um ihn darin jetzt aufzuspüren, mußte ich mich an den letzten ihm noch gebliebenen Vertrauten wenden, einen Mormonen weit weg im amerikanischen Bundesstaat Utah. Und wie es solch einem mormonischen Umweg entspricht, fanden der Serbe und ich, der Österreicher, gleichsam im Handumdrehen wieder zusammen: Anruf aus Köln – ja, Anfang November Treffen in Belgrad, »ich besuche da ohnedies gerade meine Mutter« – und für die Woche darauf das Projekt einer gemeinsamen Fahrt an die Grenze nach Bosnien, wo er, ebenfalls »ohnedies«, in einer Kleinstadt an dem Grenzfluß Drina mit seiner dort lebenden einstigen Freundin und der gemeinsamen, inzwischen bald achtzehnjährigen Tochter verabredet war.

Den anderen serbischen Freund, von dem ich mir sein Land und seine Leute nahebringen lassen wollte, kannte ich von dem Fastjahr-zehnt meines Lebens in Salzburg. Zlatko B. war Stammgast in einem Lokal der stadtaus-wärts führenden Schallmooser Hauptstraße, wohin auch ich öfter ging, all die Jahre lang, auch wegen der altväterischen, immer laut ein-gestellten Jukebox und ihrer nie ausgewech-selten Creedence-Clearwater-Revival-Songs, »Have You Ever Seen The Rain?«, »Looking Out The Back Door«, »Lodi«. Zlatko spielte dort anfangs Karten, jeweils um große Sum-men. Er hatte Serbien, nach einer bäuerlichen Kindheit im Ostland, einer Büromaschinen-lehre in Belgrad und der sehr langen Armee-zeit in mehreren Winkeln Jugoslawiens, für Österreich verlassen, um, wie er behauptet, reich zu werden. Das war ihm als Arbeiter in einer Salzburger Vorstadtwäscherei nicht ge-lungen. Und so versuchte er es, zwischen-durch Handlanger und Bote in einem Reise-büro, im »Mirjam's Pub« als Berufsspieler, hatte aber, auf sich allein gestellt, gegen die europareifen Spielerbanden, die sich am Ort abwechselten, auf die Dauer keine Chancen. (Im Gedächtnis geblieben ist mir von ihm aus jener Zeit besonders sein nicht eben seltener Blick zum unsichtbaren Himmel nach einem jeden verlorenen Spiel.) Danach wurde er sozusagen beständig ehrlich, ein Gelegenheitsarbeiter, immer prompt, kompetent, beiläufig, und bei Gelegenheit, fast nur auf Bestellung, auch ein Maler seltsamer Genreszenen, weit entfernt von der Buntheit und nicht nur eigengelenkten Phantasie der einst hochgehandelten serbischen Naiven – erinnernd zum Beispiel an die slowenischen Bienenstockmalereien aus dem 19. Jahrhundert (zu betrachten im lieben Museum von Radovljica beim See von Bled) oder die Wirtshausschilder des georgischen Wandermalers Pirosmani. Und wie Žarko R. hatte auch Zlatko B. sich seit dem Ausbruch der jugoslawischen Kriege zurückgezogen, aus der Salzburger Stadt hinaus auf das Land, und hat dann sogar amtlich seinen serbischen Namen abgelegt zugunsten eines deutsch klingenden – in Wahrheit ein

getreuer Anklang an den von ihm hochver-
ehrten niederländischen Kleinszenenmaler aus
dem 17. Jahrhundert, Adrian Brouwer.

Und auch Zlatko B., alias Adrian Br., war mit
meinem Vorschlag einer gemeinsamen Reise
durch sein Serbien auf der Stelle einverstanden. Wir würden seine Weinbauerneltern in
dem Dorf Porodin, nah dem Mittserbenfluß
Morawa, besuchen – nur sollte das womöglich
noch vor dem tiefen November sein, damit
wir etwas von dem schönen Herbst und den
Trauben in den Weinbergen hätten. Er zögerte
nur, mit dem eigenen Auto zu kommen, weil
das, so hatte er gehört, in seiner serbischen
Heimat sofort gestohlen würde.

Ende Oktober 1995 machten wir uns so aus
unseren drei verschiedenen Richtungen auf
den Weg nach Belgrad: der eine vom Salzburger Land, quer durch Österreich und Ungarn
(schließlich doch mit seinem Wagen), der andere aus Köln, mit einem Lufthansaflugzeug,
der dritte aus dem Pariser Vorort, nach einer
Autofahrt durch Lothringen und die Schweiz,
mit der Swissair von Zürich, an der Seite
von S. So wurde das eine der wenigen Reisen

meines Lebens, die ich nicht allein unter-
nahm; und die erste, bei der ich fast ständig
in Gesellschaft blieb.

Ich hatte mich für Serbien im übrigen nicht
besonders vorbereitet. Fast hätten S. und ich
sogar versäumt, uns die Visa zu besorgen, so
sehr war mir noch das weite Jugoslawien von
1970 bis 1990 im Kopf, überall frei zugänglich
und ohne Krieg. Und nun sollte ich gar, bei
der zuständigen Stelle in Paris, die keine »Am-
bassade« mehr war, nur noch eine Notbehör-
de, einen Reisegrund angeben – »Tourist«, was
doch zutraf, wurde als unglaubhaft angesehen
(war ich der erste seit Kriegsausbruch?), auch
als ungenügend. Zum Glück fand sich endlich
eine weltoffene Vertreterin Serbiens, in einem
Hinterzimmer, der ich nichts mehr zu erklären brauchte; und diese versicherte außerdem,
wir hätten, wo auch immer, in ihrem Land
keinen Moment Öffentlichkeit zu fürchten.
(Aber was war ihr Land? Sie kam aus der Krajina, inzwischen wie für immer dem Staat
Kroatien zugefallen.)
Am Vorabend der Abreise schaute ich in

einem Kino von Versailles noch Emir Kusturicas Film »Underground« an. Die vorigen Filme des Bosniers aus Sarajewo, etwa »Die Zeit der Zigeuner« und »Arizona Dream«, hatte ich einerseits bewundert wegen ihrer mehr als bloß frei schwebenden – ihrer frei fliegenden Phantasie, mit Bildern und Sequenzen so dichtverknüpft und gleichmäßig, daß sie oft übergingen in orientalische Ornamente (was das Gegenteil von Verengung sein konnte), und andererseits hatte ich doch ganz und gar an diesen Bilderflügen vermißt etwas wie eine Erd- oder Land- oder überhaupt Weltverbundenheit, so daß die ganze Phantastik jeweils bald geplatzt war zu augenverstopfenden Phantastereien; und einem Bewundernmüssen habe ich schon immer das Ergriffensein vorgezogen, oder das *Fast*ergriffensein, welches in mir am stärksten nachgeht, anhält, dauert.

Durch »Underground« aber wurde ich da erstmals von einem Film Kusturicas (fast)ergriffen. Endlich war aus der bloßen Erzählfertigkeit eine Erzählwucht geworden, indem nämlich ein Talent zum Träumen, ein gewalti-

ges, sich verbunden hat mit einem handgreif-
lichen Stück Welt und auch Geschichte – dem
einstigen Jugoslawien, welches des jungen
Kusturica Heimat gewesen war. Und war es
nicht zum Beispiel eine Wucht – eine Shake-
spearesche, durchkreuzt immer wieder von
jener der Marx Brothers –, wenn in einer großen Szene gegen Schluß, im tiefsten Bürgerkrieg, einer der Filmhelden, auf seiner jahre-
langen, verzweifelten Suche nach seinem einst
in der Belgrader Donau verschwundenen
Sohn, durch den Schlachtenrauch rennend in
einem fort wechselt zwischen dem Schreien
um sein vermißtes Kind und dem Brüllbefehl:
»Feuer!«? Wie töricht oder böswillig kam mir
dann so vieles vor von dem, was gegen »Underground« geschrieben worden war. Nicht
nur, daß nach der Aufführung in Cannes Alain
Finkielkraut, einer der neueren französischen
Philosophen, seit Kriegsausbruch ein unbe-
greiflicher Plapperer für Staatlich-Kroatien,
Kusturicas Film, ohne ihn gesehen zu haben,
in *Le Monde* Terrorismus, proserbische Propa-
ganda usw. vorwarf: Noch vor einigen Tagen
kehrte in *Libération* André Glucksmann, ein

23

anderer neuer Philosoph, in einer grotesken Weise den Spieß um, indem er Kusturica zu seinem Film, den er gesehen habe!, beglückwünschte, als einer Abrechnung mit dem terroristischen serbischen Kommunismus, der, anders als die Deutschen, so gar nichts gelernt habe aus seinen historischen Untaten — wer derartiges aus »Underground« heraussieht, was hat der gesehen? Was sieht der überhaupt? Und ein Kritiker des Films in der deutschen *Zeit*, sonst für manche Lichtblicke gut, fand bei Kusturica Wut, Ressentiment, sogar »Rachsucht«. Nicht doch: »Underground« kommt, ist gemacht, besteht und wirkt, ich sah es, allein aus Kummer und Schmerz und einer kräftigen Liebe; und selbst seine Grobheiten und Lautstärken sind Teil davon — was alles zusammen zuletzt das Hellsichtige, manchmal sogar wie Hellseherische dieser anderen jugoslawischen Geschichte hervorbringt, oder das naturwüchsig Märchenhafte, siehe das festliche Ende auf der von dem Kontinent wegtreibenden Insel, wo der Tölpel des Films, auf einmal gar nicht mehr so verstört, geschweige denn idiotisch, klar und sanftest autoritär, wie eben nur ein Märchenerzähler, sich an die Zuschauer wendet mit seinem »Es war einmal ein Land . . .« (Mir dauerte dort im Kino sein Märchen nur leider gar zu kurz.)

Das Allerärgste freilich, was es bisher gegen Kusturicas Film zu lesen gab, stand wiederum in *Le Monde*, einer der mir einst liebsten Zeitungen, die unter dem ähnlich seriös-distinguierten Anschein von früher – kaum je ein Photo, dichtgesetzte, quasiamtliche Spalten – seit einigen Jahren, und nicht bloß in Ausnahmefällen, abseits von einem weiterhin fast über-gewissenhaften Hauptteil zu einem verdeckt demagogischen Schnüffelblatt geworden ist, und das nicht nur, was zum Beispiel die Krankheit des damaligen Staatspräsidenten Mitterrand angeht, die unter dem Informations-Vorwand vor Jahresfrist seitenweise ausgebreitet wurde mit einer vielleicht zeitgemäßen, gewiß aber nicht zeitgenössischen Sterbensgeilheit. Die Zeitung beschreibt ihre Sujets nicht mehr, geschweige denn, was noch besser, auch nobler wäre, evoziert sie, sondern begrapscht sie – macht sie zu Objekten.

Typisch für die neue Blickrichtung die Art, daß, einst in *Le Monde* undenkbar, Personen gleich anfangs durch ihr Äußeres charakterisiert werden, in der Regel so wie gerade erst, in einer Titelspalte, eine amerikanische Kunstphotographin als »bestrickende ausladende Vierzigerin« (oder so ähnlich) – als bringe die scheinbare Bilderenthaltsamkeit der Zeitung inzwischen eine grundandere Art von Bildern, Wortbilder hervor, und ganz gewiß keine ernstzunehmenden.

Zu »Underground«, da das Redaktionscorps von *Le Monde*, s. Finkielkrauts Infamie, vereinbart hatte, es sei mit Emir Kusturica und seinem proserbischen oder jugophilen Fimmel aufzuräumen, trat nun zu der sprachfadenscheinigen, wie fremdgelenkten Rezension des Hauptfilmkritikers – eines bei Gelegenheit sonst klug und fein tranchierenden Schreibers –, der dem Film seine barokken, d. h. nur mit sich selber spielenden Formen vorwarf, auf ebenden Kulturseiten noch ein Artikel aus der Hand einer Frau, welche mir Zeitungsleser bisher allein als die *Le Monde*-Kriegskorrespondentin in Jugoslawien geläufig gewesen war, und zwar als eine nicht bloß parteiische – warum, in diesem Fall, auch nicht? –, sondern darüber hinaus noch einen unverwüstlichen und geradezu beneidenswert selbstbewußten Haß gegen alles Serbische loslassende, und das Bericht um Bericht. In dem erwähnten Artikel jetzt wollte sie nachweisen, daß der Film von Kusturica, da auf serbischem Boden (und Gewässern) gedreht, sicherlich doch mit Unterstützung dortiger Unternehmen hergestellt worden sei und deswegen dem von den Vereinten Nationen gegen Serbien und Montenegro verhängten Handelsverbot oder Embargo zuwiderhandle. In einer peniblen, gleichsam höchstrichterlichen, dabei vollkommen scheinsachlichen Gründlichkeit zählte sie dann, vielleicht eine Viertelspalte lang, sämtliche etwa gegen den Film »Underground« anwendbaren UN-Resolutionen auf, Paragraphenziffer um Paragraphenziffer, Nebenbestimmung um Nebennebenbestimmung, allesamt pedantisch in eine Schuldstützungslitanei gereiht, addiert, verkettet, wie eben sonst nur in einer unanfechtbaren, endgültigen, unwiderruflichen

Urteilsbegründung – und so suggerierend, Kusturicas Film sei, allein schon als Produkt oder Handelsware, etwas von Grund auf Unrechtes, seine nichtserbischen (französischen und deutschen) »Mithersteller« seien Rechtsbrecher, der Film, jedenfalls in den dem Embargo verpflichteten Staaten, gehöre von der Bildfläche, aus dem Verkehr gezogen (ich übersetze die Suggestion der Kriegsartiklerin hier eher milde), »Underground« habe kein Existenzrecht, und die Produzenten und der Macher Emir Kusturica seien Kriegsgewinnler, zumindest. (Der Gerechtigkeit halber sei erwähnt, daß inzwischen, etwa einen Monat nach Erscheinen dieses Artikels, die Zeitung einen kleinen Leserbrief brachte, worin *Le Monde* höflich gebeten wurde, endlich von dem »schlechten Prozeß« abzulassen – nur stand in einer Nummer danach, verfaßt von einer anderen Frontfrau, schon wieder so ein Bericht, diesmal über die Lage des Fußballclubs »Roter Stern Belgrad«, in Wahrheit, zumindest für den, der Wort für Wort las, eine geschlossene Denunziationskette, mit dem Hammer am Schluß: Der Verein, lange – so weiß es jedenfalls die internationale Presse – liiert mit dem »berüchtigten Banditen und Kriegskiller Arkan«, habe sich von diesem nun doch nicht, wie von der Clubführung behauptet, losgesagt – wie denn sonst fände sich im Roter-Stern-Souvenirlokal neben den Dressen, Aschenbechern und dergleichen auch immer noch eine Videokassette von der »sulfurösen« Hochzeit des Kriegsverbrechers mit der »chauvinistischen Serbenrocksängerin Ceca«?)

Ich habe mich so lange bei diesen (vielleicht) Nebenschauplätzen und faulen Sprachspielen aufhalten müssen, die weniger eines Philip Marlowe würdig sind als der Sittenpolizei, weil die hier anzitierte Weise eines fast rein von einer im voraus gespannten Schnüffelleine diktierten Redens mir bezeichnend erscheint für einen übermächtigen Strang der Veröffentlichungen über die jugoslawischen Kriege, seit deren Anbeginn. – Was, willst du etwa die serbischen Untaten, in Bosnien, in der Krajina, in Slawonien, entwirklichen helfen durch eine von der ersten Realität absehende Medienkritik? – Gemach. Geduld. Gerechtigkeit.

Das Problem, nur meines?, ist verwickelter, verwickelt mit mehreren Realitätsgraden oder -stufen; und ich ziele, indem ich es klären will, auf etwas durchaus ganz Wirkliches, worin alle die durcheinanderwirbelnden Realitätsweisen etwas wie einen Zusammenhang ahnen ließen. Denn was weiß man, wo eine Beteiligung beinah immer nur eine (Fern-) Sehbeteiligung ist? Was weiß man, wo man vor lauter Vernetzung und Online nur Wissensbesitz hat, ohne jenes tatsächliche Wissen, welches allein durch Lernen, Schauen und Lernen, entstehen kann? Was weiß der, der statt der Sache einzig deren Bild zu Gesicht bekommt, oder, wie in den Fernsehnachrichten, ein Kürzel von einem Bild, oder, wie in der Netzwelt, ein Kürzel von einem Kürzel?

Zwei Dinge, von denen ich, schlimmer als von Verwirrspielen, nicht loskomme, und das nun schon seit viereinhalb Jahren, seit dem Juni 1991, dem Beginn des sogenannten Zehntagekrieges in Slowenien, den Startschüssen für das Auseinanderkrachen Jugoslawiens – zwei Dinge: eine Zahl und ein Bild,

eine Photographie. Die Zahl: Etwa siebzig
Menschen sind bei jenem Initialkrieg umge-
kommen, sozusagen wenig im Vergleich zu
den Vielzehntausenden in den Folgekriegen.
Jedoch wie kam es, daß beinahe alle der siebzig Opfer Angehörige der jugoslawischen
Volksarmee waren, die schon damals als der
große Aggressor galt und, in jedem Sinn weit
in der Übermacht, mit den wenigen slowenischen Unabhängigkeitsstreitern ein gar leichtes Spiel (Spiel?) gehabt hätte? (Das Zahlen-
verhältnis ist bekannt, ohne freilich, seltsamerweise, je eingedrungen zu sein in das
Weltbewußtsein.) Wer hat da auf wen geballt?
lert? Und gab es nicht vielleicht sogar einen
ausdrücklichen Armeebefehl, keinesfalls zu-
rückzuschlagen, da man sich trotz allem noch
unter südslawischen Brüdern wähnte und
sich, wenigstens von der einen Seite, an solchen Glauben oder Wahn auch halten wollte? – Und das Photo dazu sah ich dann im
Time-Magazine: eine eher schüttere Gruppe
von Slowenen in leicht phantastischer Kampf-
kleidung, die neukreierte Republik mittels
Spruchband und Flagge präsentierend. Und es

fanden sich, so meine Erinnerung, da kaum richtig junge Leute darunter, oder jedenfalls hatte die Schar oder Truppe nichts Jugendliches – vordringlich im Sinn sind mir von den Freiheitskämpfern eher schmerbäuchige Mittdreißiger, aufgepflanzt eher wie gegen Ende eines Schwerenöterausflugs, die Fahnen als Dekor eines Freilufttheaters, und bis heute will mir mein erster Gedanke zu jenem Bild nicht aus dem Kopf, es seien solche halblustigen Freizeittypen, keine Freiheitskämpfer, welche die fast siebzig, mitsamt ihren überlegenen Waffen nicht aus noch ein wissenden jungen Soldaten mir nichts, dir nichts abgeschossen haben. Natürlich ist das vielleicht Unsinn – der aber zeigt, wie sich so ausgestrahlte Reporte und Bilder bei einem Empfänger um- oder verformen.

Ähnlich passierte es mir mit den folgenden Kriegsberichten, oft und öfter. Wo war der die Realitäten verschiebende, oder sie wie bloße Kulissen schiebende, Parasit: in den Nachrichten selber oder im Bewußtsein des Adressaten? Wie kam es etwa, daß ich es im ersten Moment ganz nachfühlen konnte, als Ende

November 1991, bei der Meldung von dem Fall der Stadt Vukovar, noch am Abend desselben Tages das Schild der Pariser Métrostation *Stalingrad* von einer so empörten wie ergriffenen Passantenhand umgeschrieben wurde zu *Vukovar*, ich das als eine so aktuelle wie biblische Handlung sah, oder als Kunst- und Polit-Akt in Idealunion – und daß doch schon am nächsten Morgen, wie manchmal bei einem für den Augenblick zwar packenden, aber schon gleich nach dem Wort ENDE nicht mehr ganz so, und später beim Bedenken immer weniger plausiblen Film (in der Regel aus Hollywood), meine Anzweifelungen einsetzten, wie denn »Stalingrad« und »Vukovar« sich aufeinander reimen könnten. Wie etwa sollte ich jemals jenen Spruch eines Haßleitartiklers der *Frankfurter Allgemeinen Zeitung* aus dem in Ostslawonien jetzt Geschehenen heraushalten, wonach die in Kroatien (also auch in und um Vukovar) ansässigen Serben, bislang jugoslawische Bürger, gleichrangig mit ihren kroatischen Landsleuten, in der Verfassung für den über ihre Köpfe hin beschlossenen Neustaat Kroatien, auf einmal als eine Volksgruppe zweiten Ranges vorgesehen waren – wonach also diese ungefragt einem kroatischen Staat, und nicht mehr bloß einer kroatischen Verwaltung, einzuverleibenden etwa sechshunderttausend Serbenleute sich gehörigst, gefälligst, gehorsamst, laut Dekret des deutschen Journalisten, »als Minderheit fühlen (so!) sollen«!? »Gut, zu Befehl, ab heute sind wir einverstanden, uns in unserem eigenen Land als eine Minderheit zu fühlen, und sind demgemäß auch einverstanden, von eurer kroatischen Verfassung als eine solche eingestuft zu werden«: Das wäre demnach der Ausweg vor dem Krieg in der Krajina und um die Stadt Vukovar gewesen? Wer war der erste Aggressor? Was hieß es, einen Staat zu begründen, dazu einen seine Völker vor- und zurückreihenden, auf einem Gebiet, wo doch seit Menschengedenken eine unabsehbare Zahl von Leuten hauste, welcher solcher Staat höchstens passen konnte wie die Faust aufs Auge, d. h., ein Greuel sein mußte, in Erinnerung an die nicht zu vergessenden Verfolgungen durch das hitlerisch-kroatische Ustascharegime? Wer also war der Aggressor? War derjenige, der einen Krieg provozierte, derselbe wie der, der ihn anfing? Und was hieß »anfangen«? Konnte auch schon solch ein Provozieren ein Anfangen sein? (»Du hast angefangen!« – »Nein, du hast angefangen!«) Und wie hätte ich, Serbe nun in Kroatien, mich zu solch einem gegen mich und mein Volk beschlossenen Staat verhalten? Wäre ich, obwohl doch vielleicht tief ortsverbunden, auch durch die Vorfahrenjahrhunderte, ausgewandert, meinetwegen auch »heim« über die Donau nach Serbien? Vielleicht. Wäre ich, wenn auch auf einmal zweitklassiger Bürger, wenn auch zwangskroatischer Staatsbürger, im Land geblieben, zwar unwillig, traurig, galgenhumorig, aber um des lieben Friedens willen? Vielleicht. Oder hätte ich mich, stünde das in meiner Macht, zur Wehr gesetzt, natürlich nur mit vielen anderen meinesgleichen, und zur Not sogar mit Hilfe einer zerfallenden, ziellosen jugoslawischen Armee? Wahrscheinlich, oder, wäre ich als so ein Serbe halbwegs jung und ohne eigene Familie, fast sicher. Und kam es nicht so, bekanntlich mit dem Einrücken der ersten kroatischen Staatsmiliz in die serbischen Dörfer um Vukovar, zu dem Krieg, zu welchem selber aber jemand wie ich nichts zu sagen hat; denn noch immer gilt eben jenes schreckliche »Krieg ist Krieg«, und das noch schrecklichere: Bruderkrieg ist Bruderkrieg. Und wer das nun, statt als Gewürgtheit, als Gleichgültigkeit versteht, auch der braucht hier nicht weiterzulesen. (Gibt nicht die vielfach in deutschen Zeitungen bloßgestellte »Herzlosigkeit«, die wie ostentative, des serbisch-jüdischen Autors Aleksandar Tišma mit eben seinem »Krieg ist Krieg« mehr, weit mehr zu bedenken als alle die Empörungslippenbewegungen, die erpresserischen, fern von einem Urschrei?)

Später, als dann vom Frühjahr 1992 an die ersten Bilder, bald schon Bildserien, oder Serienbilder, aus dem bosnischen Krieg gezeigt wurden, gab es einen Teil meiner selbst (immer wieder auch für »mein Ganzes« stehend), welcher die bewaffneten bosnischen Serben, ob Armee oder Einzeltöteriche, insbesondere die auf den Hügeln und Bergen um Sarajewo, als »Feinde des Menschengeschlechts« empfand, in Abwandlung eines Worts von Hans Magnus Enzensberger zu dem irakischen Diktator Saddam Hussein; und hätte im weiteren Verlauf, bei den Berichten und Abbildungen aus den serbisch-bosnischen Internierungslagern, gewissermaßen den Satz eines, dabei doch serbischen, Patrioten, des Poeten und damaligen Oppositionellen Vuk (»Wolf«) Drašković unterschreiben können, wonach nun, durch das Gemetzel in Bosnien-Herzegowina, auch das Volk der Serben, bisher in der Geschichte kaum je die Täter, oder Erst-Täter, ein schwerschuldbeladenes, eine Art Kainsvolk, geworden sei. Und nicht bloß einmal, nicht bloß für den Augenblick, angesichts wieder eines in einer der Leichenhallen von Sarajewo wie im leeren Universum alleingelassenen getöteten Kindes – Photographien übrigens, für die spanische Zeitungen wie *El País* Vergrößerungs- und Veröffentlichungsweltmeister sind, nach ihrem Selbstbewußtsein wohl in der Nachfolge Francisco Goyas? –, fragte ich mich dazu, wieso denn nicht endlich einer von uns hier, oder, besser noch, einer von dort, einer aus dem Serbenvolk persönlich, den für so etwas Verantwortlichen, d. h. den bosnischen Serbenhäuptling Radovan Karadžić, vor dem Krieg angeblich Verfasser von Kinderreimen!, vom Leben zum Tode bringe, ein anderer Stauffenberg oder Georg Elsner!?

Und trotzdem, fast zugleich mit solchen ohnmächtigen Gewaltimpulsionen eines fernen Sehbeteiligten, wollte ein anderer Teil in mir (der freilich nie für mein Ganzes stand) diesem Krieg und diesen Kriegsberichterstattungen nicht trauen. Wollte nicht? Nein, konnte nicht. Allzu schnell nämlich waren für die sogenannte Weltöffentlichkeit auch in diesem Krieg die Rollen des Angreifers und des Angegriffenen, der reinen Opfer und der nackten Bösewichte, festgelegt und fixgeschrieben worden. Wie sollte, war gleich mein Gedanke gewesen, das nur wieder gut ausgehen, wieder so eine eigenmächtige Staatserhebung durch ein einzelnes Volk – wenn die serbokroatisch sprechenden, serbischstämmigen Muselmanen Bosniens denn nun ein Volk sein sollten – auf einem Gebiet, wo noch zwei andere Völker ihr Recht, und das gleiche Recht!, hatten, und die sämtlichen drei Völkerschaften dazu kunterbunt, nicht bloß in der meinetwegen multikulturellen Hauptstadt, sondern von Dorf zu Dorf, und in den Dörfern selber von Haus zu Hütte, neben- und durcheinanderlebten? Und wie hätte wiederum ich mich verhalten, als ein Serbe dort in Bosnien, bei der, gelind gesagt, Ellenbogenbegründung eines, gelind gesagt, mir gar nicht entsprechenden Staates auf meinem, unserm, Gebiet? Wer nun war der Angreifer? (Siehe oben.)

Und ging es im Verlauf dann der Begebenheiten nicht vielen fernen Zuschauern eine ganze Zeitlang so, daß, falls zwischendurch einmal ausnahmsweise eins der Kriegsopferbilder die Legende »Serbe« hatte, wir das für einen Irrtum, einen Druckfehler, jedenfalls für die zu vernachlässigende Ausnahme ansahen? Denn wenn es in der Tat solche unschuldigen serbischen Opfer gab, dann konnten sie, entsprechend ihrem so spärlichen weltöffentlichen Vorkommen, doch nur im Verhältnis eins zu eintausend – ein serbischer Toter zu tausend muslimischen – stehen. Welche Kriegsseite war, was die Getöteten und die Gemarterten betraf, fürs Berichten und Photographieren die Butterseite? Und wieso wurden diese Seiten dann erstmals ein bißchen gewechselt im Sommer 1995, mit der Vertreibung der Serben aus der Krajina – obwohl es auch da nicht die Gesichter von Ermordeten, sondern »nur« von Heimatlosen zu sehen gab, und dazusuggeriert wurde, »dieselben« hätten ja zuvor ein anderes Volk vertrieben? Und paßt dazu nicht die gerade vom Internationalen Gerichtshof veröffentlichte Zahl der Kriegsverbrechensverdächtigen im jugoslawischen Krieg?: 47 (siebenundvierzig) Serben, 8 (acht) Kroaten, und einem Moslem (1) sei man in Den Haag vielleicht auf der Spur – so als werde auch für diese Seite formhalber einer gebraucht, ein Alibikriegsverbrecher ähnlich sonst einem Alibisamariter.

Aber war es nicht schon vor den Bildern von den Flüchtlingstrecks aus der Krajina diesem und jenem fernen Zuseher auffällig, wie die bis dahin fast verschwindenden serbischen Leidtragenden in der Regel grundanders in

Bild, Ton und Schrift kamen als die Hekatomben der anderen? Ja, auf den Photos usw. von den paar ausnahmsweise nachrichtenwürdigen ersteren erschienen mir diese in der Tat als »verschwindend«, so im alleraugenfälligsten Gegensatz zu ihren Kummer- und Trauergenossen aus den beiden übrigen Kriegsvölkern: Diese, so war es jedenfalls nicht selten zu sehen, »posierten« zwar nicht, doch waren sie, durch den Blick- oder Berichtsblickwinkel, deutlich in eine Pose gerückt: wohl wirklich leidend, wurden sie gezeigt in einer Leidenspose. Und im Lauf der Kriegsberichtsjahre, dabei wohl weiterhin wirklich leidend, und wohl mehr und mehr, nahmen sie für die Linsen und Hörknöpfe der internationalen Belichter und Berichter, von diesen inzwischen angeleitet, gelenkt, eingewinkt (»He, Partner!«), sichtlich wie gefügig die fremdgewünschten Martermienen und -haltungen ein. Wer sagt mir, daß ich mich irre oder gar böswillig bin, wenn ich so zu der Aufnahme des lauthals weinenden Gesichts einer Frau, Close Up hinter den Gittern eines Gefangenenlagers, das gehorsame Befolgen der Anweisung

des Photographen der Internationalen Presse-
agentur außerhalb des Lagerzaunes förmlich
*mit*sehe, und selbst an der Art, wie die Frau
sich an den Draht klammert, etwas von dem
Bilderkaufmann ihr Vorgezeigtes? Mag sein,
ja, ich irre mich, der Parasit ist in *meinem* Auge
(das Kind, auf dem einen Photo groß, schrei-
end, im Arm der einen Frau, seiner Mutter?,
und auf dem Folgephoto weit weg in einer
Gruppe, wie seelenruhig im Arm einer anderen Frau, seiner richtigen Mutter?): – doch
weshalb habe ich solche gar sorgfältig kadrier-
ten, ausgeklügelten und eben wie gestellten
Aufnahmen noch keinmal – jedenfalls nicht
hier, im »Westen« – von einem serbischen
Kriegsopfer zu Gesicht bekommen? Weshalb
wurden solche Serben kaum je in Großauf-
nahmen gezeigt, und kaum je einzeln, sondern
fast immer nur als Grüppchen, und fast immer nur im Mittel- oder fern im Hintergrund,
eben verschwindend, und auch kaum je, anders als ihre kroatischen oder muselmani-
schen Mitleidenden, mit dem Blick voll und
leidensvoll in die Kamera, vielmehr seit- oder
bodenwärts, wie Schuldbewußte? Wie ein

fremder Stamm? – Oder wie zu stolz zum Posieren? – Oder wie zu traurig dafür?

So konnte ein Teil von mir nicht Partei ergreifen, geschweige denn verurteilen. Und das führte dann, und nicht allein mich, zu solch grotesken und dabei vielleicht nicht ganz unverständlichen Mechanismen (?), wie sie der noch junge französische Schriftsteller (mit einer kroatischen Mutter) Patrick Besson in einem Plädoyer, eher einem Pamphlet für die Serben (ein »Pamphlet« *für*?) vor ein paar Monaten fast durchwegs einleuchtend und jedenfalls zwischen Witz und Aberwitz beschrieben hat. Das Pamphlet fängt damit an, daß er, Besson, die Kriegsbestien zunächst auf der nämlichen Seite gesehen habe wie all die anderen westlichen Zuschauer, eines Tages dann aber – so listig spielt er den Nachrichtenkonsumenten und launischen Pariser Modemenschen – solche Monotonie über und über hatte. Das Folgende hat dann freilich nichts mit Launen zu tun, einzig mit des Verfassers Sprach- und Bildempfindlichkeit. Nachdem er an die Leidens- und Widerstandsgeschichte Jugoslawiens im Zweiten Weltkrieg sehr ausdrücklich erinnert hat – wie sie unsereinem kaum im Gedächtnis ist, und zu der wir von den Betroffenen jetzt endliches Vergessen, bis in die Kinder und Kindeskinder, verlangen –, fädelt Besson in einem zornigen Schwung alle die eingefahrenen Medienstandards zu dem gegenwärtigen jugoslawischen Geschehen auf, in einer Art Fortsetzung des Flaubertschen »Wörterbuchs der Gemeinplätze«, nun allerdings weniger zum Lachen als zum Weinen und Schreien zugleich. Als Beispiel hier nur sein Zitieren der üblichen Zeichnung des Radovan Karadžić: Wie es sich etwa eingespielt habe, bei diesem automatisch seinen Psychiaterberuf mitzuerwähnen, denn bekanntlich, siehe Flaubert, haben ja auch alle die Geisteskranken Behandelnden selbst einen Schatten, und wie er zudem in den Veröffentlichungen von Wien bis Paris regelmäßig mit »Doktor« tituliert werde, in offensichtlicher Parallele zu jenem »Dr. Strangelove« (oder Dr. Seltsam), welcher in dem Film von Stanley Kubrick unsere Welt in die Luft jagen will usw. usw. Und wie es sich ergab, kam mir zugleich mit der

Lektüre von Bessons Pamphlet in *Le Monde* eine Art Porträt des Serbenführers unter, worin Epinalbild um Epinalbild, Klischee um Klischee, ebendas erwähnte Sprachverfahren, und zwar als quasiseriöse Wiedergabe einer Wirklichkeit, praktiziert wurde, mit noch ein paar Gemeinplätzen mehr, etwa: die Gedichte, welche der Psychiater Dr. K. schreibe, natürlich »nebenbei«, würden von niemand gelesen, und sie seien, natürlich, »mittelmäßig« usw. Und einer jener grotesken Mechanismen auf derartiges, jedenfalls bei mir: ich wollte so ein Gedicht von Karadžić lesen – ebenso wie die Redensarten von der Mörderbraut und chauvinistischen Sängerin Ceca mir Lust auf deren Lieder machten. Und ein vielleicht ähnlicher Mechanismus bei Patrick Besson: wie er jenen Radovan Karadžić, nach allen den Fertigteilberichten, dann einmal in Pale leibhaftig vor Augen bekommt und ihn als eine alternde, müde, wie abwesende, ziemlich traurige Frau schildert – eine beinah liebevolle Beschreibung – ein unzulässiger Gegenmechanismus?
Jedenfalls scheinen solche Mechanismen oder

eher Gegenwehren oder eher Gegenläufigkeiten mir erwähnenswert, auch weil sie Gefahr laufen, aus dem Gleichgewicht und dem Gerechtigkeitssinn zu geraten – etwa so wie das vielleicht einzige Epinal-Bildchen bei Bessons Serbenverteidigung, womit ihm eine ähnlich trübe Stereotype aus der Hand rutscht wie denen, auf die er mit seinem Pamphlet abzielt: Er erzählt da von einer Versammlung der Krieger in eben dem Pale, und die bosnisch-serbischen Soldaten kommen ganz anders vor, als unsereiner sie geläufig hat, was vielleicht auch einmal recht wäre, stiegen aus der kleinen Schilderung die Jungmänner nicht gar zu fein heraus, satzweise nah an dem »Frisch, Fröhlich, Frei«. So dachte ich dann, es könnte die Gefahr solcher Gegenläufigkeiten sein, daß in ihnen sich etwas äußere, was vergleichbar wäre mit den Glorifizierungen einst des Sowjetsystems durch manche Westreisende der dreißiger Jahre. Freilich: Ist es ein irrläuferischer Mechanismus, wenn einer zu einem jeden neuen Journalistenbericht von wieder so einer Horde *Slivovica* trinkender serbischer Nationalisten, bäuerlicher Illuminierter und Para-

noiker vor sich eine gar nicht so unähnlich
üble Auslandsreporterhorde sieht, abends an
einer Hotelbar, in der Hand statt des Pflau-
menschnaps eben einen aus Trauben oder
sonstwas gebrannten? Oder wenn einer man-
chem Journalisten zu dessen einhundertstem,
immer gleichgereimtem Jugoslawien-Artikel
zwar nicht gerade ein Stück glühender Kohle,
wie bei dem Propheten Jesaja, auf die Lippen
wünscht, aber doch einen kleinen Brennessel-
wickel um seine Schreibhand.

Das Folgende hier kommt jedoch nicht bloß
aus meinem vielleicht mechanistischen Miß-
trauen gegen eure oft wie eingefahrenen He-
roldsberichte, sondern sind Fragen zu der
Sache selbst: Ist es erwiesen, daß die beiden
Anschläge auf Markale, den Markt von Sarajewo, wirklich die Untat bosnischer Serben waren, in dem Sinn, wie etwa Bernard Henri-
Lévy, auch ein neuer Philosoph, einer von den
mehr und mehr Heutigen, welche überall sind
und nirgends, gleich nach dem Anschlag po-
saunenstark und in einer absurden Gramma-
tik wußte: »Es wird sich zweifelsfrei heraus-

stellen, daß die Serben die Schuldigen sind!«? Und noch so eine Parasiten-Frage: Wie war das wirklich mit Dubrovnik? Ist die kleine alte wunderbare Stadtschüssel oder Schüsselstadt an der dalmatinischen Küste damals im Frühwinter 1991 tatsächlich gebombt und zerschossen worden? Oder nur – arg genug – episodisch beschossen? Oder lagen die beschossenen Objekte außerhalb der dicken Stadtmauern, und es gab Abweicher, Querschläger? Mutwillige oder zufällige, in Kauf genommene (auch das arg genug)?

Und schließlich ist es mit mir sogar so weit gekommen, daß ich, nicht nur mich, frage: Wie verhält sich das wirklich mit jenem Gewalttraum von »Groß-Serbien«? Hätten die Machthaber in Serbien, falls sie den in der Tat träumten, es nicht in der Hand gehabt, in der rechten wie in der linken, ihn kinderleicht ins Werk zu setzen? Oder ist es nicht auch möglich, daß da Legendensandkörner, ein paar unter den unzähligen, wie sie in zerfallenden Reichen, nicht nur balkanischen, durcheinanderstieben, in unseren ausländischen Dunkelkammern vergrößert wurden zu Anstoßsteinen? (Noch vor kurzem begann in der *Frank-furter Allgemeinen* eine angebliche Chronik der vier jugoslawischen Kriegsjahre schon im Untertitel mit der Schuldzuweisung für den Zerfall des Landes an die anonymen Memorandum-Verfasser der Serbischen Akademie von 1986: »Der Krieg im ehemaligen Jugoslawien begann in der Studierstube / Wissenschaftler liefern die ideologische Begründung für den großen Konflikt.«) Hat sich dann am Ende nicht eher ein »Groß-Kroatien« als etwas ungleich Wirklicheres, oder Wirksameres, oder Massiveres, Ent- und Beschlosseneres erwiesen als die legendengespeisten, sich nie und nirgends zu einer einheitlichen Machtidee und -politik ballenden serbischen Traumkörnchen? Und wird die Geschichte der Zerschlagungskriege jetzt nicht vielleicht einmal ziemlich anders geschrieben werden als in den heutigen Voraus-Schuldzuweisungen? Aber ist sie durch diese nicht schon längst für alle Zukunft festgeschrieben? Festgeschrieben? Nicht eher starrgestellt?, wie nach 1914, wie nach 1941 – starrgestellt und starrgezurrt auch im Bewußtsein der jugoslawischen Nachbarvölker, Österreichs vor allem und Deutschlands, und so bereit zum nächsten Losbrechen, zum nächsten 1991? Wer wird diese Geschichte einmal anders schreiben, und sei es auch bloß in den Nuancen – die freilich viel dazutun könnten, die Völker aus ihrer gegenseitigen Bilderstarre zu erlösen?

2
Der Reise erster Teil:
Zu den Flüssen Donau, Save und Morawa

Was ich von unserer Reise durch Serbien zu
erzählen habe, sind allerdings nicht vorsätzli-
che Gegenbilder zu den vielfach vorgestanz-
ten Gucklöchern auf das Land. Denn was sich
mir eingeprägt hat, das waren, ohne meinen
Vorsatz und ohne mein Zutun, fast einzig dritte Dinge – jenes Dritte, welches bei dem
deutschen Epiker Hermann Lenz »neben-
draußen« zu sehen oder sichten ist, und welches bei dem alten Philosophen (nichts aber
gegen neue Philosophen, ich würde zeitweise
so einen brauchen) Edmund Husserl »die Lebenswelt« heißt. Und natürlich war ich mir
dabei stetig mitbewußt, mich in dem in einen
Krieg verwickelten Staat Serbien, Teilstaat der
geschrumpften Bundesrepublik Jugoslawien,
zu bewegen. Solch Drittes, solche Lebenswelt
lag nicht etwa neben oder abseits der Aktuali-
täts- oder Zeit-Zeichen.

Vor dem Abflug in Zürich hatte ich mir noch ein kleines Langenscheidt-Wörterbuch gekauft: wo da auf dem üblichen gelben Umschlag einst »Serbokroatisch« stand, hieß es jetzt nur noch »Kroatisch« (Auflage von 1992), und ich fragte mich dann beim Durchblättern, ob hinten, unter »Gebräuchliche Abkürzungen«, schon zu der Zeit, da auch das Serbische noch ausdrücklich mittun durfte, »DIN, Deutsche Industrienorm« vorkam; Neubearbeitung durch »Prof. Dr. Reinhard Lauer«, der so ziemlich im selben Jahr, geheuert von der *FAZ*, dort wiederholt das gesamte serbische Volk, mitsamt seinen Dichtern, an welchen die Aufklärung vorbeigegangen sei, von, sagen wir, dem Romantiker Njegoš bis zu Vaško Popa, der gefährlichsten Mythenkrankheiten zieh, siehe Identifizierung mit dem Wolf!, siehe Popas Wolfsgedichte!

Im Unterschied zu den anderen Zürcher Flugsteigen machte von den Passagieren für Belgrad kaum einer den Mund auf, und auch während des Flugs dann blieben wir eher stumm, so als fühlten selbst die Serben in dem Flugzeugbauch, weit in der Mehrheit (Auslandsarbeiter? Elternbesucher?), sich unterwegs zu einem Ziel, das ihnen nicht recht geheuer war.

Bei der Landung im flachen, längst abgeernteten Land, weit und breit nichts zu spüren von der Millionenstadt Belgrad, der »einzigen kosmopolitischen Stadt auf dem Balkan« (Dragan Velikić, von ihm später), machte S. mich aufmerksam auf eine Gruppe von Leuten oder Silhouetten nah am Rollfeld, welche dort an einem Ackerrand ein Ferkel brieten. Zugleich stiegen überall andere und andere spätherbstliche Rauchsäulen auf. Ich hatte zuvor in einem Buch des heutigen serbischen Romanciers Milorad Pavić gelesen, wo eine Frau, ihren Geliebten küssend, ihm mit der Zunge dabei einzeln die Zähne abzählte; und wo es hieß, das Fleisch der Fische aus Flüssen, die, wie die Morawa, von Süden nach Norden strömten, tauge nichts; und daß es barbarisch sei, beim Mischen des Weins das *Wasser* zuzugießen, statt vielmehr umgekehrt.

Und dann stand am Flugplatzausgang mein Freund und Übersetzer Žarko, aus Köln uns vorausgeflogen. Mehrere Jahre hatte ich ihn nicht gesehen, und trotzdem war ich jetzt fast enttäuscht, abgeholt zu werden; hätte diese erste Schwelle zum fremden Land, um da hineinzufinden, lieber allein überwunden – worauf er, so als hätte ich das ausgesprochen, sagte, auch er sei inzwischen ziemlich fremd in Belgrad und in Serbien (was von der Unbeholfenheit seiner Bewegungen, bis zum Öffnen der Hoteltür, dann bestätigt wurde).

Auf der Fahrt durch die Neustädte, das »Novi Beograd«, von Zeit zu Zeit, zwischen der vielen, fast schon steppenhaften Leere, in gleichmäßigen Abständen so etwas wie Massenansammlungen an den prospektbreiten Einfallsstraßen, dichtauf und dabei weit auseinandergezogen: da wartete gleichsam die gesamte Bevölkerung, jetzt mitten am sonst wie arbeitslosen Nachmittag – alle Neubauten unvollendet stehengelassen, wie schon seit langem –, angeblich auf die Busse und Straßenbahnen, und auch das wie schon seit sehr langem, und jedenfalls nicht mehr mit dem Anschein von Wartenden. Und wieder war es S., die mich auf die noch häufigeren Grüppchen der wilden Benzinverkäufer mit ihren

Plastikkanistern hinwies; wie so oft, und nicht bloß dort in der speziellen Gegend, übersah ich in den ersten Momenten alle die vorausgewußten Realitätsembleme.

Im Hotel »Moskwa«, einem eleganten, mit den Tagen dann geradezu edel wirkenden Straßeneckbau von der Jahrhundertwende, im Zentrum der Stadt, auf der Terrasse über Save und Donau (serbisch »Dunav«), waren, während unten am Empfang eine ganze Brigade von Angestellten, samt deren Freunden?, ziemlich müßigging, fast alle Zimmer unbelegt, und es erschien uns zunächst in dem unsern, wir seien seit langem die ersten Gäste, und für noch länger auch die letzten. Aus S.'s Ausblick, von der hohen Balkontür hinab auf den blätterüberwehten, von Altautos rumpelnden und hustenden, so gar nicht pariserischen Boulevard, nein »bulevar«, nein, БУЛЕВАР, spürte ich ihr französisches »dépaysement« auf mich übergehen, ihr Befremden, ihr hier Fremdsein, oder, wörtlich übersetzt, ihr »Außer-Landes-Geratensein«, ihr »Außer-Landes-Sein« (wie Außer-sich-Sein), und hätte uns da meinen anderen serbischen Freund

herbeigewünscht, den ehemaligen Wäscherei-
arbeiter und Glücksspieler, welcher überall,
ob in Salzburg oder hier in seiner Hauptstadt,
sofort ansteckend heimisch gewesen wäre,
oder zumindest alles Bedürfnis nach einem
Heimischsein ansteckend verachtet hätte. (Er
verspätete sich auf seiner Fahrt durch Ost-
europa um zwei Tage.)

Was mich angeht, so ereignete sich das »re-
paysement«, das »Zurück-ins-Land-Geraten«,
gleich danach eben auf dem fremden Bulevar,
beim Besorgen einer Sache in einem Laden,
und zwar schon im Niederdrücken der uralten
Eisenklinke dort und dem fast mühsamen
Aufstoßenmüssen der Ladentür, und wurde
dann endgültig, galt für alle die folgenden
Tage, mit dem Aussprechen des zuvor auf der
Straße eingelernten und jetzt von der Verkäu-
ferin auf der Stelle verstandenen Warenworts.
Und auch S. schien sozusagen trittfest zu werden beim vorabendlichen Gehen durch die
wider Erwarten ganz und gar nicht dunkle
Belgrader Innenstadt in Richtung des Kale-
megdan, der alten Türkenfestung hoch über
dem Zusammenfluß von Save und Donau.

Nur Žarko, der Einheimische, unser Lotse, stolperte, verhaspelte sich, verirrte sich, verwechselte die Himmelsrichtungen, und konnte nicht aufhören, von seinem Fremdgewordensein in der eigenen Kapitale zu reden, wo er doch schon seit Tagen jetzt wieder wohnte, umsorgt von seiner Mutter, worauf ich dachte, er sei wohl in Belgrad immer schon fremd gewesen – mit seiner Antwort dann gleichsam wieder: im Grunde sei er zu Hause nur draußen in der Vorstadt Zemun, an der Donau, wo diese schon in der pannonischen Ebene fließe, seinem Geburts-, Kindheits- und Ausguckort.

Dieser erste Belgrader Abend war lau, und der Halbmond leuchtete nicht nur über der Türkenfestung. Es waren sehr viele Menschen unterwegs, wie eben in einem großen südeuropäischen Zentrum. Nur wirkten sie auf mich nicht bloß schweigsamer als, sagen wir, in Neapel oder Athen, sondern auch bewußter, ihrer selber wie auch der anderen Passanten, auch aufmerksamer, im Sinn einer sehr besonderen Höflichkeit, einer, die, statt sich zu zeigen, bloß andeutete, in einer Art des

Gehens, wo auch in der Eile es keinmal zu einem Gerempel kam, oder in einem ähnlich gleichmäßigen, wie dem andern raumlassenden Sprechen, ohne das übliche Losgellen, Anpfeifen und Sich-Aufspielen vergleichbarer Fußgängerbereiche; und auch die zahlreichen Straßenhändler niemanden anredend, vielmehr still für die Kundschaft bereit (es gab eine solche, entgegen meinem Vorausbild); und ich habe an diesem Abend, wie ich auch unwillkürlich Ausschau hielt, keinen serbischen Slivovitztrinker gesichtet, dafür, um einen Straßenbrunnen, Leute, die Wasser tranken, von der Hand in den Mund; und nirgends auch eine Parole oder eine Anspielung auf den Krieg, und kaum einen Polizisten, jedenfalls deutlich weniger als anderswo in einem Stadtweichbild. S. meinte nachher, diese Belgrader seien ernst und bedrückt gewesen. Mir dagegen erschien die Bevölkerung, zumindest so auf den ersten Blick, eigentümlich belebt (ganz anders als damals im Theater, vor dreißig Jahren), und zugleich, ja, gesittet. Aus allgemeinem Schuldbewußtsein? Nein, aus etwas wie einer großen Nachdenklichkeit, einer übergroßen Bewußtheit, und – fühlte ich dort, denke ich jetzt hier – einer geradezu würdevollen kollektiven Vereinzelung; und vielleicht auch aus Stolz, eines freilich, welcher nicht auftrumpfte. »Die Serben sind bescheiden geworden«, las ich später dazu in der *Zeit*. Geworden? Wer weiß? Oder, in meiner liebsten Redensart (österreichisch), neben »Dazu hättest du früher aufstehen müssen!«: »Was weiß ein Fremder?«

Wer waren die vielen alten Männer, welche tags darauf, fast ein jeder für sich, in dem von beiden Flüssen aufsteigenden, schon vorwinterlichen Nebel auf dem Gelände der Kalemegdan-Ruinen so schweigsam müßiggingen? Weder hatten sie, oft mit Krawatte und Hut, glattrasiert für balkanische Verhältnisse, etwas von pensionierten Arbeitern, noch konnten derartige Mengen doch ehemalige Beamte oder Freiberufler sein; zwar strahlten sie allesamt ein Standesbewußtsein aus, aber eines, das auch bei dem und jenem etwaigen Arzt, Rechtsanwalt oder ehemaligen Kaufherrn unter ihnen, ein sichtlich anderes war als zum Beispiel das mir von Deutschland und insbesondere Österreich bekannte gutbürgerliche. Und zudem wirkten diese alten, dabei nie greisen Männer weder europäisch noch freilich auch orientalisch; am ehesten zu vergleichen mit Spaziergängern auf einer diesigen Promenade im Baskenland, wenn auch ohne die entsprechenden Mützen. Kräftig auftretend waren sie da zwischen den Festungstrümmern unterwegs, deutliche Gestalten im Nebel, die Mienen fast grimmig, was mir mit der Zeit jedoch als eine Art von Präsenz entgegenkam, oder als Gefaßtheit. Und sie waren auch keine Hagestolze – hatten sämtlich etwas von vieljährig und sogar ziemlich glücklich verheiratet Gewesenen und jetzt Verwitweten, und das seit noch gar nicht so langem: von Witwern und, seltsam bei so Bejahrten, zugleich Verwaisten. Nein, das konnten in meinen Augen keine serbischen Patrioten oder Chauvinisten sein, keine ultraorthodoxen Kirchengänger, keine Königstreuen oder Alt-Tschetniks, schon gar keine einstigen Nazi-Kollaborateure, aber es war auch schwer, sie sich als Partisanen zusammen mit Tito, dann

jugoslawische Funktionäre, Politiker und In-
dustrielle vorzustellen; klar nur, daß sie alle
etwa den gleichen Verlust erlitten hatten, und
daß der ihnen, wie sie da flanierten, noch
ziemlich frisch vor den finsteren Augen stand.
Was war der Verlust? Verlust? War es nicht
eher, als seien sie brutal um etwas betrogen
worden?

Unter den paar Fragen, die ich auf der serbischen Reise tatsächlich auch aussprach, war
die häufigste – so häufig, daß es die mit mir
schon nervte – jene, ob man glaube, das große
Jugoslawien könne je neu erstehen. Fast keiner
der Befragten glaubte das, »auch nicht in hundert Jahren«. Höchstens kam einmal: »Wir
werden das jedenfalls nicht mehr erleben.«
Milorad Pavić, der Schriftsteller, meinte, falls
die ehemaligen Teilrepubliken sich vielleicht
wieder einmal annäherten, dann allein über
die Wirtschaft, und er erzählte, wie beliebt früher in Serbien zum Beispiel Produkte aus
Slowenien gewesen seien. Welche? »Kosmeti-
ka. Slowenische Hautcremes, oh!« Einzig der
bald achtzigjährige Vater Zlatkos sagte dann,

in seinem Dorf Porodin in der Morawa-Ebe-
ne: »Nicht mit Kroatien vielleicht, aber mit
Slowenien gewiß, ja, und das schon bald. Wir
Serben haben immer die großen Sachen pro-
duziert, und die Slowenen die kleinen, feinen
Teile dazu, und das hat sich immer gut ergänzt.
Und nirgends bin ich im Leben so gut bewirtet
worden wie in Slowenien!« (Und das war auch
das einzige Mal, daß seine Frau zu einer seiner
Bemerkungen nickte, heftig.)
Ein paar Tage kamen nach dem Nebel, die
noch sonnig und wieder warm waren. Einmal, noch vor dem Dazustoßen Zlatkos (= der
Goldige), fuhren wir mit Žarko (= der Feurige) in dessen Belgrader Vorstadt Zemun hinaus, seine Jugendgegend und jetzt wohl seine
Phantasieheimat – stadtauswärts über die
Save-Brücke, welche bei den Hauptstädtern
»Gazelle« heißt. Schwer, etwas nachzuempf-
finden zunächst, als er uns die beiden ehemaligen Familienwohnfenster (Vater kleiner
örtlicher Politiker, früh gestorben) zeigte,
oben im gar nicht hohen, verputzbedürftigen
Mietshaus, die Allerweltspappel um die Stra-
ßenecke, und seinen Schulweg, der, dachte

oder sagte ich, doch viel zu kurz war, als daß darauf etwas Nennenswertes sich hätte ereignen können – darauf seine Antwort: »Aber auf dem Heimweg die Umwege!« Schon der Zemuner Obst- und Gemüsemarkt, in zwei großen, säuberlich getrennten Bereichen, gar weiträumig für eine Vorstadt, ließ freilich etwas Besonderes ahnen, mit einer Luft wie schon von dem Strom (ich kaufte ein paar Äpfel, weil ich nicht als ein bloß Neugieriger durch einen fremdländischen Markt streifen wollte).

Und dann kamen wir, ausnahmsweise einmal gut geführt von dem Freund, der uns zuletzt den Vortritt ließ, unversehens zwischen kleinen, langgestreckten, wie biedermeierlichen Häusern hinaus an die Donau, hier von einer so gewaltigen Breite, daß, im Vergleich zu dem mir aus Österreich doch vertrauten gleichnamigen Fluß, dort hinten auf dem Wasser, dabei noch fern von dem anderen Ufer, sich eine zusätzliche Zone erstreckte, was diese »Dunav« erst wirklich zum »Strom« machte (ein Wort aus der österreichischen Bundeshymne, das mir, gemessen am Augenschein, jedesmal übertrieben vorgekommen war). Eine Art Binnenwasserwelt, eine Flußwelt tat sich vor uns auf an dieser Belgrader oder Zemuner Donau, nicht nur an der Promenade mit den Restaurants, wo man zu Fuß zurück in die Hauptstadt gehen konnte, sondern auch an den Hunderten tief in den Hintergrund gestaffelten Booten, verankert und kaum erst winterverhüllt, und einbaumhaften Nachen. Hin und wieder spurte so ein Ding los – das kleine Motorenschnurren, mit den vereinzelten Menschenstimmen, das einzige Geräusch weit und breit –, in der Schräge hinüber zum wie transkontinentalen Gegenufer, wo am Waldrand dort Pfahlhütten standen. Aber die meisten der Wassergefährte schaukelten bloß so in der Strömung oder wippten, an Ort und Stelle; stellenweise ein Kochfeuerrauch; und im übrigen blieb die Strommitte diesen ganzen Nachmittag unbeschifft; das Embargo. Diese Flußwelt war vielleicht eine versunkene, versinkende, eine modrige, alte, aber sie stellte zugleich eine Weltlandschaft dar, wie sie auf den niederländischen Gemälden aus dem 17. Jahrhundert mir so nie vorgekommen ist:

eine Urwelt, welche als eine noch unbekannte Zivilisation erschien, zudem eine recht appetitliche. Und wir aßen dann Karpfen in einem Flußwirtshaus gleichen Namens, »Šaran«. Und in der Dämmerung gingen wir zu der Zemuner Burg hinauf, zwischendurch von einer älteren Frau auf englisch, ohne Akzent, nach dem Weg dorthin gefragt, welche sich dann entschuldigte, daß sie zwar Serbin sei, aber die Sprache nicht könne. Auf dem Friedhof dort oben waren in die Gedenksteine, getreu wohl nach Photos, nur vielfach vergrößert, die Gesichtszüge der Verstorbenen eingraviert, sehr oft Ehepaare und diese in der Regel, so alt sie zusammen auch geworden waren, als sehr junges Brautpaar dargestellt – vielleicht, weil das ihr einziges gemeinsames Photo geblieben war?

Zurück in Belgrad (= Weiße Stadt), bei Fastvollmond, trafen wir endlich auf Zlatko, der wegen Zuschnellfahrens eine Nacht in Ungarn hatte verbringen müssen (sein Auto war schon in einem hotelnahen Parkhaus in Sicherheit gebracht), und zu viert hörten wir bis lang nach Mitternacht in einem Lokal namens

»Ima dana« (= »Es gibt Tage . . .«, Titel eines serbischen Lieds) Musik aus den verschiedenen jugoslawischen Gegenden an, während zur selben Zeit in Tel Aviv Ytzak Rabin ermordet wurde – am folgenden Morgen sein verwischter Schemen auf der weder Hochglanz noch Tiefdruck aufweisenden Titelseite der Oppositionszeitung *Naša Borba*. Beim spätnächtlichen Heimweg war der Nebel zurückgekommen, so dicht, daß die Leiber der Passanten davon wie gestutzt und geschmälert erschienen. Und es waren unversehens gewaltige Massen von Passanten auf allen Belgrader Straßen, aus den grauen und weißlichen, wie von unten, von den zwei Flüssen stadtaufblaffenden Schwaden hervorlaufend, rennend und mancherorts dann wieder reglos zusammengedrängt; die Passagiere für die letzten Straßenbahnen. Und vom Hotelfenster aus dann in der nun vollständigen Einnebelung draußen nicht ein Ding mehr zu erfassen, bis auf ein einzelnes, helles, hin- und herzuckendes Papierstück tief unten auf dem Boulevard, zu dem für Momente der Umriß eines Besens trat und die Hand des nachmitternächtlichen

Belgrader Straßenkehrers. Und im offiziellen serbischen Fernsehen noch jene Abschiedsszene des Präsidenten Milošević, unmittelbar vor dem Abflug zu den Friedensgesprächen nach Dayton, Ohio: eine lange Reihe von Militärs und auch Zivilleuten auf dem Startfeld abgehend und einen jeden ziemlich ausdauernd und fest umarmend, dabei aber stets nur von hinten sichtbar – der Aufbrechende minutenlang als bloßes Rückenbild.

Zlatko hatte zu der »Ima dana«-Musik von einer sagenhaften Stelle der Donau, bei der Stadt Smederevo, erzählt, wo – er hatte das nicht selber erlebt, wußte es eben nur vom Hörensagen, von einem Lehrer seinerzeit in der Dorfschule – der große Fluß ganz still, ja vollkommen ohne einen Laut, dahinströmen sollte. Tags darauf machten wir uns mit seinem (weder gestohlenen noch angekratzten) Auto dahin auf den Weg und kamen dabei erstmals tiefer hinein in das serbische Land. Dieses zeigte sich hier, gegen Südosten, wie es, laut Zlatko, für Serbien typisch sei: weite Horizonte bei einer leichten, gleichmäßigen Hügeligkeit (der Berg Avala, eine Autostunde weg von Belgrad, für einen »Hausberg« viel, stieg da schon auf wie ein Ereignis, obwohl er gar nicht hoch war – so als habe jede noch so unscheinbare Landschaft ihr Massiv der Sainte-Victoire). Dichtverzahnte Dörfer aus jeweils mehrteiligen Gehöften, sozusagen Kleindörfern innerhalb des Großdorfs. Und auch die Friedhöfe, draußen zwischen den Feldern, mit einem Anschein von Dörfern, nicht »Totenstädte«, sondern Toten*dörfer*, allerdings belebte, insbesondere jetzt um die Allerseelenzeit, in Serbien ein paar Tage »nach uns« gefeiert, wo den Verstorbenen Nahrung gebracht wurde und man an ihren Gräbern mit ihnen speiste und trank. Und fruchtbare, schon im Augenschein fett wirkende Ackererde bis zu den hintersten Landwellen, wo alles wuchs, was zum täglichen Leben gebraucht wurde; Mais, Sonnenblumen und Getreide freilich schon längst abgeerntet; nur hier und da noch dunkelglänzende Weintraubenbüschel hangauf. Und natürlich wieder die Benzin- und Dieselverkäufer mit ihren Kanistern oder auch bloß Flaschen und Fläschchen überall – Rumänien war liefernah –, und der wie unendliche, dabei schüttere Zug der kreuz und quer durch das ganze Land zu Fuß sich Bewegenden, nicht bloß die Flüchtlinge aus Bosnien und der Krajina, sondern vor allem die Einheimischen, wie vor noch gar nicht so langem auch »bei uns« in Mitteleuropa die Dorfleute auf dem Weg ins ferne Krankenhaus oder zum Wochenmarkt, und das über die Nebenstraßen hinaus sogar auf dem Teil Autobahn, der kaum befahrenen (hohe Maut, insbesondere für Ausländer).

In Smederevo zu Fuß hin zur Donau, dort hinter dem mittelalterlichen Flußfort, von den deutschen Okkupanten im Zweiten Weltkrieg halb in die Luft gesprengt: Und wahrhaftig kam von dem gesamten, lichten und weiten und dabei doch sichtlich zügig dahinfließenden Gewässer kein Geräusch, die ganze Stunde dort am Ufer nicht das leiseste Plätschern, Gurgeln, Gluckern, kein Laut und kein Mucks. Zurück in der Stadt dann auf der Straße einen alten Passanten nach dem Weg gefragt: er wußte ihn nicht, war ein Flüchtling aus Knin.

Das war der Tag, an dem es erstmals in Serbien noch vor der Dämmerung ziemlich kalt wurde, mit einem Anhauch von Schnee. Doch kam mit dem nächsten Tag noch ein letztes Mal die Spätherbstwärme, Sonne ohne Wind. Bevor wir von dem weithin wie von den Friedensverhandlungen bestimmten Belgrad aufbrachen zu Zlatkos Dorfeltern, die uns angeblich schon seit Tagen ein Fest vorbereiteten, machten wir noch einen Umweg über den Hauptstadtmarkt, dort auf der vom Zentrum sanft sich zur Save hinabneigenden Terrassenböschung.

In nicht wenigen Berichten hat man sich, mehr oder weniger milde, lustig gemacht über die gar lächerlichen Dinge, mit denen das Serbenvolk, wenn es nicht der dortigen Mafia angehört, Geschäfte zu machen versucht, von den verbogensten Nägeln bis zu den dünnsten Plastiksäcken und, sagen wir, leeren Streichholzschachteln. Nur gab es da auch, so zeigte sich jetzt, viel Schönes, Erfreuliches und – warum nicht? – Liebliches zu kaufen. Schwer zu sagen für einen, der nicht raucht, ob zum

Beispiel die von Markttisch zu Markttisch-
chen wechselnden Haufen von dünngeschnit-
tenem Tabak, luftig und grasig, in den selbst-
zudrehenden Zigaretten dann so herzhaft
schmecken, wie sie ausschauen. Von den nur
auf den ersten Blick einförmigen oder eintö-
nigen jugoslawischen Broten dort auf dem
Markt, den walddunklen massigen Honigtöp-
fen, den truthahngroßen Suppenhühnern, den
andersgelben Nudelnestern oder -kronen,
den oft raubtierspitzmäuligen, oft märchen-
dicken Flußfischen weiß ich den Geschmack.
Was aber von solchem Marktleben, dabei
spürbar bestimmt von einer Mangelzeit, am
eindrücklichsten haften blieb, das war, und
nicht bloß bei den Leckersachen, sondern
ebenso bei dem vielen vielleicht wirklich fast
unnützen Zeug (wer weiß?), eine Lebendig-
keit, etwas Heiteres, Leichtes, wie Beschwing-
tes an dem anderswo gar zu häufig pompös
und gravitätisch gewordenen, auch mißtrau-
ischen, halb verächtlichen Vorgang von Kaufen und Verkaufen – ein allgemeiner anmu-
tiger Fingertanz kreuz und quer über das
Marktgelände, ein Tanz des Handumdrehens.

Von dem Wust, Muff und der Zwanghaftigkeit der bloßen Geschäftemachereien hob sich da, klein-klein, dabei in Myriadenvielfalt, etwas wie eine ursprüngliche und, ja, volkstümliche Handelslust ab, an welcher wir Mittäter dann auch unseren Spaß hatten. Zug-um-Zug-Geschäfte: so ein Wort bekam hier in dem auf sich allein gestellten Land wieder seinen Sinn, ebenso wie etwa das Wort »Kurzwaren«. Lob dem Handel – hättest du derartiges je von dir erwartet (und das nicht einmal auf Bestellung)? – Und ich erwischte mich dann sogar bei dem Wunsch, die Abgeschnittenheit des Landes – nein, nicht der Krieg – möge andauern; möge andauern die Unzugänglichkeit der westlichen oder sonstwelchen Waren- und Monopolwelt.

Auf der Fahrt zum Dorf Porodin überquerten wir endlich den viel-, wohl gar zu vielbesungenen, sicher auch durch die Türken- und Balkankriege in eine Symbolrolle gedrängten und in ein Symbolbett gezwängten, jetzt freilich einfach bloß herbstgemäß wasserarmen, steinköpfigen Fluß Morawa; neben der Autobrücke der einstige Karren- und Gehsteig, halb eingebrochen. Porodin dann streckte sich als ein Straßendorf, vielleicht eins der längsten in Europa, mit mehreren kleinen Zentren eine Art Dorfstaat, wie es sie übrigens in dem Landkreis, in weitem Abstand voneinander, hier und dort tatsächlich geben sollte. An einem der Zentren, bei einem Mischwarengeschäft, blieben wir noch kurz stehen. Davor tranken jetzt, zu Mittag, ein paar Dorfleute Bier; in den Einschränkungsjahren waren die Cafés für die meisten der Bevölkerung zu teuer geworden, und so hatte sich der Laden in einen Ausschank verwandelt. An dem Haus gegenüber war ein schwarzes Tuch ausgespannt, das kleine Kind von dort war vor kurzem von einem Auto, in dem Straßendorf üblich schnell unterwegs, totgefahren worden. Als dann ein junger Mann, im bäuerlichen Arbeitsgewand, mit entzündeten Augen und wie geschwollenen Lippen, in den Ladenraum trat, wußte jeder von uns sofort, daß er des Kindes Vater sein mußte.

Das Haus, der Hof, das Anwesen von Zlatkos Eltern – in Wirklichkeit längst auf ihren Einzigen, den Serben im Ausland, überschrieben

– lag am hintersten Ende von Porodin, statt
hinter sieben Bergen wie hinter sieben langen
Kurven, flankiert zuerst von dem teilweise
noch blühenden Blumenhain der Mutter und
danach gleich, übergangslos, von dem mächtigen Schlammbereich vor den Schuppen und
Stallungen; die Felder und Weinberge dazu in
Streulage, in der Regel weit auseinander. Die
Wohnräume fanden sich dann in verschiedenen, schwer zu durchschauenden Bautrakten,
überall Neues dem Alten an- oder drüber-
oder gar eingebaut, weniges davon freilich fer-
tiggestellt, wie man es eben bei solch ruckwei-
se zu Geld kommenden und heimkehrenden
Auslandsarbeitern gewohnt sein mag: einer
dieser Zusatzbauten präsentierte sich, mit
einem Schock von blitzneuen Stühlen von
einer sozusagen Salzburgischen Eleganz, um
einen ebenso blanken langovalen Tisch, als ein
im übrigen leerer, ganz und gar undörflicher
Konferenzsaal, und in der Etage um drei
Ecken erwartete den Gast ein barockblauge-
kacheltes Badezimmer, in das sich sichtlich
weder Vater noch Mutter je hineingetraut hatten; und am erstaunlichsten vielleicht, in die-

sem neu-alt-verschachtelten, für wen nur ge-
dachten?, Wohnbezirk zwar hier und da auf
eine schmale Küchencouch zu stoßen, nirgends aber auf etwas wie ein Elternschlafzim-
mer oder ein Doppelbett: »Wo schlafen deine
Eltern, Zlatko?« – »Wo jeder gerade ist, einmal hier, einmal dort, der Vater manchmal
unten im Souterrain, die Mutter meistens
oben beim Fernseher.«
Zu essen gab es unter anderm die Hühner-
suppe, ein Spanferkel und den »serbischen«
Krautsalat, dazu einen so erztrüben wie klar-
schmeckenden Eigenbauwein von den Hän-
gen jenseits der Straße, wo das letzte in
der Dämmerung dann noch Sichtbare die
himmelaufweidenden Schafe waren. Zwischendurch im Gespräch des heimgekehrten
Sohns mit Vater und Mutter verstand ich trotz
angestrengten Zuhörens rein gar nichts mehr
– war das überhaupt noch Serbisch? Nein, die
Familie war unwillkürlich übergegangen in das
Rumänische, die Unterhaltungs- oder Vertrau-
lichkeitssprache der meisten Dorfbewohner;
als eine solche Sprachinsel war Porodin auch
bekannt. Aber ob sie dann überhaupt sich als

Serben fühlten? Natürlich – was denn sonst? Zurück nach Belgrad fuhren wir mit einer Obststeige, wo die Trauben überhingen und bei der Einfahrt in die Stadt, jede einzeln, einen Blitzpunkt bekamen.

Zu dem einzigen ein wenig offiziellen Tag in Serbien kam es dann auf der Fahrt in das südliche Bergland, zu dem mittelalterlichen Kirchen- und Klosterkomplex von Studenica, einem Nationalheiligtum; eine Reise innerhalb, oder außerhalb? der Reise. Wir fuhren in der Gesellschaft des berühmten Schriftstellers Milorad Pavić, eines fein-würdigen älteren Herrn, der zwar, erzählte er, seit je schon geschrieben habe, aber bis zu seinen ersten Erfolgen, als über Fünfzigjähriger, eher nur bekannt war als Literaturprofessor, Spezialist für serbisches Barock, mit Lehrsemestern an der Sorbonne und, ich glaube, Princeton.
Und zugleich war das der Tag des ersten Schnees, gleich schon am Morgen beim Aufbruch in Belgrad, ein Novemberschnee, mit dem auch zahlreiche Baumblätter zu Boden stürzten, unterlaufen von Windstößen, wel-

che die nicht sehr stabilen jugoslawischen Schirme umdrehten. In dem zunehmenden Schneetreiben wurde dann an einer Autobahnrast gehalten, auf Betreiben des Nationalschriftstellers, zum Trinken von . . ., freilich unter Zusatz von heißem Wasser, kredenzt von einem vereinsamten Rastplatzwirt, der, wie fast die gesamte Bevölkerung auf dem fünfstündigen Weiterweg, den »Gospodin Pavić« kannte (wohl nicht nur vom Fernsehen, die Serben sollen ein Leservolk sein).

Kragujevac, Kraljevo – ziemlich große mittelserbische Städte, nach denen es südwestwärts in ein anderes Serbien ging, gebirgig, schluchtenreich, fast menschenleer, und hier und da eine Kastellruine rund um einen Kahlberg, ähnlich einem verlassenen Castillo in der spanischen Meseta. Und allmählich erriet ich dann bei jeder auch nur ums Kennen auffälligen Örtlichkeit oder Landschaftsform schon im voraus, daß mein Nachbar hinten im Auto dazu bereits etwas verfaßt hatte, und riet fast immer richtig, sogar, ob zu dieser Dorfkirche Prosa oder zu jenem Gebirgsfluß ein Gedicht.

Bergauf zu dem Kloster, an dem Einödbach
Studenica entlang (was etwa Eiskaltwasser be-
deutet), wurde es tiefer, bitterkalter Winter, so
wie er uns dann für fast alle die übrigen Tage
erwartete. Über die alte byzantinische Kir-
chensiedlung, auf einer Hochtalsohle nah an
tausend Metern über dem in Serbien so spürbar fernen Meer, stoben die Flocken wie seit
Ewigkeiten. Auf den Fresken erkannte ich den
rundlichen Abendmahlstisch aus den oströ-
mischen Kirchen von Ohrid, von Skopje, von
Thessaloniki wieder, Jesus und die Apostel
darum versammelt wie um die ptolemäische
Erdscheibe, und ein Johannes der Täufer hatte etwas von Che Guevara, die leicht umhaarte
Brustwarze wie ein winziges Einschußloch.
Und im Klostergastraum jenseits des frostigen
Hofs, bei einem Kaminfeuer, das eher wie in
einem weißen Backofen brannte, ließ uns der
natürlich orthodox-bärtige Abt nach dem
löffelweise dargebotenen Gastfreundschafts-
konfekt den heißen, wasserverdünnten Pflau-
menschnaps (schon wieder!) servieren und
sprach dem Rohlingsgesöff sogar selber zu.
Und Schneeschwaden um Schneeschwaden

dann an die Fenster des Hotelrestaurants unterhalb des Klosters streifend, die Bergwände dahinter gleich schon eingegangen in die Frühwinterfinsternis, der sonst ungeheizte Eßraum ein wenig durchfächelt von einem schuhschachtelgroßen Heizstrahler. Klammheit, Ausgesetztheit, Abgeschobenheit. Und zugleich hatte ich Lust, so eine stockfinstere Nacht an diesem wie weltfernsten Ort zu verbringen, und war dann beinah enttäuscht, daß das Schneien nicht unsere Rückfahrt verhinderte.

Als ich S. viel später zu jenem – bei dem allen doch ständig leicht offiziösen – Tag nach einer möglichst unscheinbaren und nebensächlichen Einzelheit fragte, kam sie mit dem Moment der Crêpes, oder Palačinke, dort im kalten Wirtshaus: als die kalt und daumendick aufgetischt wurden und Monsieur Pavić dazu meinte, es sei hoffnungslos, nie würden die Serben es lernen, Crêpes zu machen. Ja, und dann fiel auch mir ein, wie der Dichter, ganz entgegen der Regel in seinem Buch, Wasser in den Wein goß (statt umgekehrt) und wie er dazu erklärte, das sei doch Mineralwasser, und ein solches gelte für ihn nicht als Wasser. Und, ja, einmal während der langen Fahrt hatte er den serbischen Exilkönig erwähnt, welcher inzwischen (seit dem Zerfall Jugoslawiens) schon weit besser seine Vorfahrensprache beherrsche, und er, Mitglied des Kronrats, werde vom König immer öfter nach London eingeladen, oder sie träfen sich auch in Griechenland – und da war ich es, der erzählte, von meinem slowenischen Großvater in Kärnten, wie der bei der Volksabstimmung von 1920 für den Anschluß an das neugegründete Jugoslawien gestimmt habe, und wie ich das immer als seine Entscheidung für das Slawische betrachtet hätte, gegen das 1918 kleindeutsch geschrumpfte Österreich – und wie ich mich inzwischen aber fragte, ob sein Entschluß nicht vielleicht eher, nach dem Ende des Habsburg-Imperiums, mit der Ausrufung der Republik, aus einer Sehnsucht oder dem Bedürfnis wenn schon nicht nach einem Kaiser, so doch zumindest nach einem König gekommen sei, wie ihn die junge südslawische Nation an ihrer Spitze hatte!?

An jenem selben etwas offiziellen Tag war

ich in Belgrad für den Abend noch mit dem zweiundvierzigjährigen Schriftsteller Dragan Velikić verabredet (zwei Schriftsteller an einem Tag), welchen ich einmal, in den Jahren vor den Kriegen, in Lipica im slowenischen Karst getroffen hatte. Ich kenne von ihm zwei seiner kurzen Romane, einmal »Via Pula«, wo von der Jugend eines Serben im kroatischen Pula erzählt wird, ziemlich frei, mit wiederholten Übergängen oder Ausblicken in mögliche Zweit- oder Drittleben, und dann den »Zeichner des Meridian«, gelesen erst nach meiner Rückkehr (erschienen beide im Wieser Verlag). Das letztere ist eine sehr verspiegelte und auch gebrochene, scherbenhafte Geschichte über das zerschellte Jugoslawien – Erzählung und Erzähltes wirken ineinander und ergeben zuletzt neben »Buch« und »Land« ein Drittes. Velikić schreibt verquer; ein Querdichter, geboren aus dem Zusammenstoß von geographisch-geschichtlichem und dem entsprechenden Splitter-Ich, das zugleich doch nicht weniger »Ich!« ist; dieses bleibt die Substanz des Buchs oder der Untersatz, welcher die Splitterdinge und -passagen zusammenhält. Und natürlich müssen da Beispiele her. *»Das Leben als Grab. Anders kann es vielleicht nicht sein in einem Land, wo am Drehpunkt der Winde über Jahrhunderte schon der listige Eunuch mit der Seidenschnur, der schlangenäugige Kuttenträger und der bärtige Schismatiker einander gegenüberstehen. Nur durch Täuschung lassen sie sich zusammenschmieden.«* Oder: *»In den europäischen Städten vegetierten (1995) Enklaven der Belgrader Jugend, geflohen zu Beginn der Neunziger, während des Krieges in Kroatien und Bosnien. Es war ihr Schicksal, daß man sie vergaß. Denn die kämpfenden Parteien, die Kriegshunde, sind von demselben Stamm, wie immer sie heißen und mit wie vielen Fingern sie sich bekreuzigen mögen. Wenn sie sich denn bekreuzigen.«* Und: *»Gleich einem eingeschlafenen Skorpion, der seine Jahre in einer grünen Mauer verbringt, träumt er (der Held) das nicht verwirklichte Leben. Es ist unmöglich, die Ader ruhigzustellen, die erbebt.«*

An jenem Spätabend in Belgrad erschien mir Dragan Velikić, den ich kräftig und feurig, dabei aufmerksam und voll Zutrauen in Erinnerung hatte, zunächst eher bedrückt und entmutigt, beinahe flügellahm. Schon der Ort unseres Treffens war vielleicht nicht der richtige: die vermeintlich private Adresse stellte sich als ein kleines Verlagshaus heraus, wo mit Velikić schon ein paar andere Leute aus dem Milieu warteten, sicher gegen ihren Willen mit dem Anstrich von Konspirateuren. Und da es bei der späten Stunde auch keinen Ausweg in eines der nachbarlichen Lokale mehr gab, setzte sich nun das Offizielle, wie Vor-Protokollierte dieses Tages auf seltsame Weise bis in die tiefe Nacht hinein fort. Es lag in der Luft, daß nun über die Verhältnisse, über den bosnischen Krieg, über die bosnisch-serbische, über die serbisch-serbische Rolle darin eine Art Rundgespräch stattfinden sollte. Wir saßen lange fast stumm, gereizt, ratlos, bei einer Riesenflasche Frascati, eines noch dazu uralten, wo doch der junge inländische Weißwein so viel besser mundete; Dragan hatte zwar eine Flasche des berühmten Rieslings von Palić dabei, aber gerade bei all der Rundum-Sprachlosigkeit hielt der nicht lange und war überdies auch eher bejahrt: seltsam, auf dem Etikett das Erntejahr 1990 zu sehen, nach dem kleinen slowenischen Krieg und vor den großen anderen.

Der schlimmste oder peinlichste Augenblick kam, als dann jemand ein Andenken aus dem Krieg in Bosnien herumgehen ließ, wie es hieß, die Steuerungskapsel einer der im jüngstvergangenen Herbst gegen die Serbenrepublik dort abgefeuerten »Tomahawk«-Raketen. Es war das ein etwa rugbyballgroßes, dabei gewaltigschweres Stahlding, zwischen Halbkugel, Rundkegel und Miniaturpyramide, welches sich angeblich kurz vor dem Erreichen des Ziels von dem Geschoß abklinkte, und beschafft habe man sich das Souvenir (in der Tat mit einer sichtlich echten Herkunftsplakette der US-Air Force) in der bosnischen Serbenzentrale Banja Luka. Jedoch statt mich dadurch nah am Geschehen zu sehen, fühlte ich auf einmal uns alle zusammen im Nirgendwo, und daß nun auch nichts mehr zu sagen wäre; und ich glaube, nicht allein mir ging es so. Zum Glück fiel mir dann ein, Velikić nach seinem Pula und nach Istrien zu fragen, und er erzählte, ebenso erleichtert wie auch die andern, sein dort gemietetes Haus sei von kroatischem Militär besetzt, ein Offizier wohne darin, während er, hier von Belgrad aus, weiterhin die Miete bezahle – kräftiges kurzes Lachen –, warum auch nicht? Und weiter belebte es sich, in einem bald allgemeinen Wechselreden über große und kleine Orte, zum Beispiel über Wien, wo sein kleiner Sohn bei einem Aufenthalt im letzten Sommer sämtliche Umsteigemöglichkeiten sämtlicher U-Bahn-Stationen auswendig gewußt hatte, oder über Feldafing in Bayern.

Und dann wurde es nach und nach doch selbstverständlich, zum jetzigen Jugoslawien überzugehen. Vor allem einer im Raum war es, aus dem es schließlich leibhaftig herausschrie, wie schuldig die serbischen Mächtigen an dem heutigen Elend ihres Volkes seien, von der Unterdrückung der Albaner im Kosovo bis zu der leichtfertigen Zulassung der Krajina-Republik. Es war ein Aufschrei, und keine Meinungsäußerung, keine bloße oppositionelle Stimme aus einem Kulturzirkel in einem Hinterzimmer. Und dieser Serbe sprach auch einzig über seine eigenen Oberen; die anderwärtigen Kriegshunde blieben ausgespart, so als schriee es von ihren Taten von alleine zum Himmel, oder sonstwohin.

Doch seltsam: obwohl ich vor diesem Menschen endlich nichts Offizielles oder Vorgeplantes mehr an der Situation spürte – statt Statements abzugeben, litt er, zornig und klar –, wollte ich seine Verdammung der Oberherren nicht hören; nicht hier, in diesen Räumlichkeiten, und auch nicht in der Stadt und dem Land; und nicht jetzt, wo es vielleicht doch um einen Frieden ging, nach einem Krieg, der mit ausgelöst und zuletzt wohl entschieden worden war auch noch durch fremde, ganz andere Mächte. (Daß er mich dann beim Abschied umarmte, war, dachte ich da, weil er sich verstanden fühlte, und frage mich jetzt, ob es nicht eher aus dem Gegenteil kam.)

3
Der Reise zweiter Teil

Danach begann der letzte Teil unserer Reise, und diese wurde zeitweise, nein durchwegs, abenteuerlich.

Wir brachen, bei immer noch novemberlichem, mit Blättern vermischtem Schneefall, von Belgrad, dieses und das Hotel »Moskwa« endgültig hinter uns lassend, auf zur Grenze nach Bosnien. S. war am Morgen zurück nach Frankreich gefahren, weil die Kinder nach den Allerheiligen-Ferien dort wieder in die Schule sollten, und nun suchten wir, Zlatko, Žarko und ich, im Auto des ersteren den Weg nach Bajina Bašta an der Drina, wo des zweiteren frühere Frau mit beider Tochter lebte. Suchten – denn obwohl der Vater die Strecke im Lauf der achtzehn Lebensjahre seines Kindes immer wieder gefahren war, kam ihm jetzt keine der Straßen bekannt vor, denn er hatte immer den Autobus genommen (und Spezialkarten von

Serbien waren im Moment nicht aufzutreiben).

Zuvor aber, vor dem Verlassen der Hauptstadt, wurde es Zeit zum ersten Tanken in diesem, laut Volksmund, »Land mit den meisten Tankstellen auf der Welt« – in Gestalt der Kanister- und Flaschenanbieter dichtauf am Rand der Ausfallstraßen. Und auch bei all den Treibstoffkäufen danach hat sich mein erster Eindruck dort erhalten, daß die grünrotgrüne dicke Flüssigkeit, wie sie da in einem langsamen und gut sichtbaren breiten Strahl von überaus behutsamen Händen jeweils in den Tank gegossen wurde, sich wie noch nie als das sehen ließ, was sie in der Tat ja auch war: etwas ziemlich Seltenes, eine Kostbarkeit, ein *Bodenschatz* – und wieder hatte ich gar nichts einzuwenden gegen meine Wunschvorstellung, solch eine Art Tanken möge lang noch so weitergehandhabt werden, und vielleicht sogar übergehen auf anderer Herren Länder. (Danach wurden wir freilich, als sei da etwas gerochen worden, von einer Polizeistreife überprüft, und weil »Zlatko Bo.« – laut serbischem Führerschein – das Auto eines anderen, »Adrian Br.« – laut österreichischem Zulassungsschein –, fuhr, war eine nicht allzugroße Strafe zu bezahlen; hätte sich herausgestellt, daß die beiden Namen für ein und dieselbe Person galten, wäre das Ganze wohl weniger glimpflich ausgegangen.)

Unsere Reise an die Drina führte etwa südwestwärts, durch eine weitgestreckte Felderebene, lange ganz ohne Hügeligkeit, laut Žarko, dessen Heimrichtung das nun war (und nicht mehr wie in den ersten Tagen Zlatkos, des Ostserben), »endlich das typische Serbien«. Es schneite auf dem freien Land dort bald dichter, und etwa nach dem dritten Verirren – die paar sonntagnachmittäglichen Menschen an den Landstraßen erwiesen sich, um Auskunft gefragt, wie es sich gehört, als sprachlos betrunken – dämmerte es schon wieder, in einem ungewissen namenlosen Zwischenbezirk lang vor dem laut unserem sonst immer stummeren Wegweiser »großen wilden Gebirge«, das wir zu überwinden hätten vor unserem Ziel. Ohnedies gefaßt, nicht mehr dort anzukommen, kehrten wir ein in ein einsames Landstraßenlokal, wo an der

Stelle des einstigen Titobilds das eines serbischen Heldengenerals aus dem Ersten Weltkrieg hing; auf dem Tisch eine gestrige Zeitung, die *Večerni Novosti*, deren Titelseite eine gute Woche später riesig das Wort МИР, MIR, FRIEDE, einnehmen sollte (worauf ich dachte, in welcher deutschen Zeitung das 1945 so monumental gestanden haben könnte?).

Wie es in Verirrgeschichten regelmäßig heißt: »Irgendwie« erreichten wir die Stadt Valjevo, den Ausgangspunkt der Straße übers Gebirge. Dieses hatte den Namen »Debelo Brdo«, Der Dicke Berg, und die Paßhöhe für Bajina Bašta – was mir unser Führer im zunehmenden, längst nächtlichen Schneetreiben als »Garten des Baja« (= Serbenheld gegen die Türken) übersetzte – sollte hoch über tausend Metern liegen. Die Straße bergauf wurde zusehends weiß, ein Verrutschen der Räder beim geringsten Bremsversuch, und die Lüfte ebenso zusehends schwarz, sehr bald keine Lichter mehr, weder von einem Haus noch von einem anderen Auto, und tags darauf war zu erfahren, daß der Abendbus von Belgrad in Valjevo untergeschlupft war und die Passagiere dort in der Bergfußstadt übernachtet hatten.

Als eine lange Zwischenstrecke unasphaltiert war, mit kratergroßen Schlaglöchern dichtauf, zwischen denen unser Fahrer wie auf einer Rallye durchkurvte, waren wir zugleich doch guter Dinge, denn auf dem nackten Erdreich da war der Schnee kaum liegengeblieben. Unser Lotse bemerkte dann, auf der Wetterkarte am Morgen im Fernsehen seien ab etwa Valjevo keinerlei Schneesterne mehr eingetragen gewesen. Und jetzt schneite es nach jeder der langgezogenen Kurven mehr und mehr, und auf vielleicht halber Höhe kam auch noch der Wind dazu, bald schon ein Gebirgssturm, von welchem die Flocken rasch zu Dünen geweht wurden, hier niedrigen, weiterwandernden, hier stockenden, sich verfestigenden, in die Kreuz und Quer über die schmale Straße. Mit einer europameisterlichen Gleichmäßigkeit steuerte der Kartenspieler und Wirtshausschildermaler da hindurch und hinauf, auch wenn es im Steileren den Gang wechseln hieß; ein Zurück kam nicht mehr in Frage (war nicht auch das ein Ausdruck aus Abenteuer-geschichten?).

Hin und wieder machte noch einer, indem er zugleich starr vor sich hinblickte, eine ablenkende Bemerkung, erhielt aber kaum mehr eine Antwort. Und dann sprach bei der weiteren Überquerung des Dicken Bergs von uns dreien vielleicht für eine Stunde keiner auch nur ein Sterbenswort; und auch Ceca sang nicht mehr, und nicht mehr der serbische Volkssänger Tozovac. Wenn uns in dem langsam kurvenden Scheinwerferlicht außer den Schneewächten, Hürde um Hürde, überhaupt etwas entgegenleuchtete, so waren es die Felswände, die zunehmend entblößten. Und mein Gedankenspiel war: gesetzt, das Auto bliebe nun und nun stecken – in welche Richtung sollte ich mich auf den Weg machen? Und wie weit käme ich wohl, so ohne Mütze und rechtes Schuhzeug? Spannend! Und fast schade, daß es zwischen den Flockengeschwadern nicht endlich losblitzte, so ein Blizzard hätte die Schneesturmnacht hoch im Balkangebirge vollständig gemacht, auch die Beunruhigung in etwas anderes verwandelt, in

Panik? Oder vielleicht gerade in deren Gegenteil?

»Irgendwie«, fast in Schrittfahrt, fanden wir
über den Paß und dann hinunter in Schichten,
wo es ruhiger schneite, nach alledem wie
in einem Gefilde, und der Schnee sogar
stellenweise die Fahrbahn frei ließ – worauf
unser Führer in den finsteren Talgrund irgendwo zeigte und aufgeregt den ersten Satz
seit sozusagen Menschengedenken sprach:
»Dort unten ist die Drina, dort unten muß
Bajina Bašta sein, und dort hinten gleich Bosnien.«

Seltsames Klingelgeräusch danach an der Tür
eines Appartementhauses an der hellbeleuch-
teten Hauptstraße einer dem Anschein nach
sonntagabendlich stillen jugoslawischen Pro-
vinzstadt, die bei aller Unbekanntheit etwas
Vertrautes hatte (und ich weiß jetzt, daß ich so
ähnlich auch vor weit über dreißig Jahren im
tiefen Kroatien vor der Tür einer Jugend-
freundin ankam). Dann drei gutbeleuchtete
und, Seltenheit in ganz Serbien, sogar warme
Räume. Die Willkommenskonfitüren wieder,
mit den Wassergläsern, wohinein dann die Eß-

löffel gesteckt wurden; die Hausfrau, einst Archäologiestudentin in Belgrad, jetzt Sekretärin am stadtnahen Drina-Kraftwerk; die Wände im Zimmer der Tochter ausschließlich mit Postern des ewigjungen James Dean; Sarma (eine Art Krautwickel), Kajmak (der Butterrahmkäse), Brot und Wein von Smederevo (wo die Donau ohne Laut fließt); zwischendurch Blicke aus den überdicht zugezogenen Vorhängen in den balkanischen Hof, an welchen ähnliche Mehrfachwohnhäuser grenzten: Schnee, Schnee und Immer-weiter-Schneien.

Und Olga, die Einheimische, die Frau aus Bajina Bašta, die zugleich fast alle Filme der Welt kannte, erzählte, die Bevölkerung habe von dem Krieg in einem Kilometer Entfernung fast nichts mitbekommen. Immer wieder sollen scharenweise Kadaver die Drina abwärts getrieben haben, doch sie kannte niemanden, der das mit eigenen Augen gesehen hatte. Jedenfalls wurde in dem Fluß, vor dem Krieg sommers voll von Schwimmern, am serbischen und am bosnischen Ufer, hin und her, her und hin, nicht mehr gebadet, und natür-

lich waren auch die Schiffsausflüge einge-
stellt. Gar sehr fehlten ihr und ihrer Tochter
die gemeinsamen Fahrten quer durch Bosnien nach Split und vor allem Dubrovnik,
an die Adria, und sie selber entbehrte bitter
das Zusammensein mit ihren muslimischen
Freunden, ob aus Višegrad, dem ihr liebsten
bosnischen Ort (Ivo Andrić' »Brücke über die
Drina« spielt dort), oder aus Srebrenica, welches noch um einiges näher lag. Und sie war
überzeugt, es sei wahr, daß dort bei Srebrenica im Sommer dieses Jahres 1995 die Tausen-
de umgebracht worden seien. Im kleinen, viel
kleineren, sei so der ganze bosnische Krieg
gewesen: in der einen Nacht wurde ein mu-
selmanisches Dorf gemordschatzt, in der folgenden ein serbisches, usw. Nun waren hier
in der Grenzstadt die Serben ganz unter sich,
und keiner hatte dem anderen mehr etwas zu
sagen. Die nagelneuen, halbeleganten Geschäfte und Bars an der Hauptstraße gehör-
ten bosnisch-serbischen Kriegsgewinnlern,
und nie würde sie da einen Fuß hineinsetzen.
Sie kam durch den Monat, bei aller Beschei-
denheit, nur durch die DM-Unterstützung

von der Seite ihres ehemaligen Mannes, und die anderen?, waren angewiesen auf solche halbwegs abgebfähigen Nachbarschaften wie die ihre – und trotz des materiellen Mangels war die Not vor allem eine innere; abgeschnitten von der vorigen weiten Welt, immer nur unter ihresgleichen, kam ihr oft vor, sie sei tot. Fanden denn noch Liebschaften statt, wurden noch Kinder gezeugt? »Höchstens unter den Flüchtlingen.« (Und hier lachte die noch junge und jugendliche Frau einmal sogar selber.) Zwar seien ab und zu Journalisten aus dem Westen aufgetaucht – was in diesem Fall auch Bosnien hieß –, aber die hatten alles schon im voraus gewußt, und dementsprechend waren auch ihre Fragen gewesen; keiner hatte sich für das Leben der Leute hier in der Grenzstadt auch nur ein klein wenig offen oder auch bloß neugierig gezeigt; und die UN-Beobachter waren aus ihrem Hotel bald ausgezogen, weil sie sich dort selber beobachtet fühlten.

Dort, in dem Hotel »Drina«, in ungeheizten Zimmern, schliefen dann auch Zlatko, alias Adrian, und ich. Es gab keine rechten Vorhänge, und sooft ich in jener ersten Nacht, bei der grellgelben Beleuchtung von außen, die Augen öffnete, fiel im Fenster weiter und weiter der Schnee, und das auch noch am Morgen und alle die Bajina-Bašta-Tage und -Nächte lang. Die Stadt wurde eingeschneit. Der Rückweg über den Dicken Berg war längst abgeschnitten, es blieb allein die Straße durch das Drinatal nordwärts, so erfuhr Zlatko, dessen Gesicht und Hände angeschwollen vor Frieren, von ein paar jungen Milizsoldaten, welche, ihre Maschinenpistolen in Reichweite, neben uns beim Frühstück saßen; aber ob überhaupt ein Schneepflug fuhr?

Und geradezu fröhlich wurde beschlossen, so lang wie eben nötig zu bleiben. Wir kauften uns Schuhe und Mützen für den Schnee, und angesichts der Zagheit der Verkäufer jeweils bei dem Eintritt von uns wohl sichtlich Landfremden stellte ich mir vor, die »potentiellen Kunden« während all der Kriegsjahre hätten sich dann sämtlich als ausländische Reporter entpuppt, welche, statt je etwas zu kaufen, sich allein, für ihre Recherchen, nach den Preisen erkundigten.

Wetterfeste, wie halbuniformierte Mannsgestalten dann allüberall auf den Grenzstraßen, in den Grenzgaststätten, und unwillkürlich sahen wir, auch Žarko, der nach der Nacht bei seiner episodischen Familie, wieder dazugestoßen war, in ihnen natürlich(?) paramilitärische Killer, siehe die entsprechenden Augen, »tötungserfahren«; wurden dann von dem mit uns gekommenen örtlichen Bibliothekar, einem Leser (zum Beispiel von Nathalie Sarraute und Fernando Pessoa), aufgeklärt, es seien das die Forstarbeiter und Waldhüter vom Dicken Berg, dieser sei so etwas wie ein Nationalpark, jedenfalls eine Art Erholungsgebiet, mit einer auf der Welt einzigartigen Fichte, einem Überlebenden aus der letzten Zwischeneiszeit; und argwöhnten in diesen Leuten dann doch wieder Bandenmitglieder, nur eben in der Verkleidung von Wald- oder Wildhütern.

Wir wanderten stadtauswärts zur Drina, zur Grenzbrücke. Vielleicht würden wir wider Erwarten doch hinüber nach Bosnien gelassen, welches dort hinter den Schneeschwaden, die Hügel und Matten jetzt scharfumrissen, jetzt verschwunden, fern und nah erschien. Ziemlich viele Menschen waren in dem hohen Schnee unterwegs, hauptsächlich aber nur Alte und Kinder, welche letzteren stadtwärts, nachdem sie wohl die Brücke überquert hatten, zur Schule gingen, mit einem mannigfaltigen, aus allen Weltrichtungen stammenden Kopfschutz, dazwischen ein Greis, den Schädel mit einem ausgefransten Handtuch umwickelt. Aus ihren Grüppchen heraus sagten diese Kinder immer wieder »How do you do?« und schütteten sich danach aus vor Lachen. Fast allen Entgegenkommenden, ob Jungen oder Alten, fehlten mehrere Zähne, so auch dem Grenzposten auf der serbischen Brückenseite, der uns schließlich weiterließ, freilich auf eigene Gefahr; die bosnischen Serben jenseits waren bekanntlich auf ihr Mutterland schon längst nicht mehr gut zu sprechen.

Und jetzt die Drina, breites, winterschwarzgrünes, gleichmäßig schnelles Gebirgswasser, noch dunkler, ja finster erscheinend durch die Flockendiesigkeit zu beiden Ufern. Langsames Gehen über die Brücke, der Bibliothekar, der Einheimische, wie bei jedem Schritt zur

Umkehr bereit, mit einer Besorgnis im Blick
nah der nackten Angst. In der Mitte zwischen
den zwei Ländern dann am Geländer eine Art
Lichtschrein befestigt, wie improvisiert und
zugleich wie an einem buddhistischen Fluß, in
meiner Vorstellung ein Behältnis für Kerzen,
eine Totenleuchte für die Nacht. Doch beim
Aufmachen war in der vermeintlichen Laterne
nichts als Asche, voll mit Zigarettenstum-
meln.

Das jenseitige Grenzhaus endlich, und dort
ein paar Schritte, Gedenkschritte, nach Bosnien hinein. Die zerbrochene Scheibe am
Häuschen, und hinter diesem zwei Wegab-
zweigungen, mehr oder weniger steil bergauf.
Der Grenzer mit seinem Schießblick – oder
war das nicht eher eine wie unheilbare, auch
unzugängliche Traurigkeit? Nur ein Gott hätte
die von ihm wegnehmen können, und in meinen Augen floß die dunkle leere Drina als
solch ein Gott vorbei, wenn auch als ein völlig
machtloser. Nein, wir durften nicht in sein
Land. Doch ließ er uns eine Zeitlang so auf
dessen Schwelle stehen, schauen, hören – wir
allesamt dabei ohne Neugier, mit nichts als

Scheu. Über diesen bosnischen Berghang zog sich eine bäuerliche Streusiedlung, die Gehöfte jeweils in einiger Distanz voneinander, ein jedes flankiert von Obstgärten und den balkanesischen, haushohen Heukegeln oder -pyramiden. Hier und da zeigte sich sogar ein Rauchfang, der qualmte (ich hielt das zunächst für Ruinenrauch, oder war es nicht vielleicht in der Tat Ruinenrauch?). Aus den meisten Anwesen aber rauchte gar nichts, und oft fehlte nicht bloß der Rauchfang, sondern das ganze Dach, auch die Türen und Fenster darunter. Dabei seltsamerweise kaum Brandspuren, so daß diese Gehöfte dann wieder den ewig nicht fertigen, typischen Gastarbeiterhäusern Gesamtjugoslawiens glichen, und das nicht nur auf den zweiten Blick, sondern auch auf den dritten. Waren sie im Bau oder zerstört? Und wenn zerstört, so jedenfalls eher teils geradezu sorgfältig abmontiert, abgetragen, die Teile weitergeschleppt.

Und unversehens kam es nun von dem Grenzstadt-Bibliothekar: »In diesem Morast, wo einst jeder Vogel sein Lied sang, haben sich europäische Geister bewegt. Ich weiß nicht, wie ich es erklären soll, daß ich immer mehr zum Jugoslawen werde. Für solche sind das jetzt die schwersten Zeiten. Und wenn ich überlege, so war es für solche immer am schwersten. Ich kann nicht Serbe, nicht Kroate, nicht Ungar, nicht Deutscher sein, weil ich mich nirgends mehr zu Hause fühle.«

Und dann kam auch noch von meinem Freund Žarko, dem serbischen Deutschbrotesser, ein solchem Faktum eher widersprechendes Lied: »Ob das Leben in Deutschland für mich Serben jetzt mörderisch ist? Tatsache ist, daß sich Deutschland zu einem schönen, reichen, paradiesischen Land emporgearbeitet hat. Die Welt als Maschine. Auch die Häuser sind Maschinen. Das Gekläff der Hunde auf den Straßen gleicht dem Kreischen der Maschinen in den Fabrikhallen. In den Selbstbedienungsläden ist es, als würdest du Schrauben kaufen, keine Milch. In den Schlachterläden, als würdest du Nägel kaufen, keinen Schinken. In den Apotheken, als würdest du Hämmer kaufen, kein Aspirin.«

Was mich angeht, kann ich jetzt sagen, daß ich mich kaum je so stetig und beständig in die

Welt, oder das Weltgeschehen, einbezogen?
eingespannt? – eingemeindet gefunden habe
wie in der Folge während der ereignisreichen
Schnee- und Nebeltage dort in der Gegend
von Bajina Bašta an dem bosnisch-serbischen
Grenzfluß. Daß mir in dieser doch bedräng-
ten Lage nichts Ungutes zustieß, nicht das
geringste, hieß: nur Gutes. Und die Ereig-
nisse?

Statt etwa ein altes Kloster in der Nachbarschaft zu besuchen, welches im übrigen durch
das unausgesetzte Schneetreiben unzugäng-
lich war, fuhren wir die Drina aufwärts, so
immer die Grenze entlang, wo Olgas Mutter
lebte, im Zweiten Weltkrieg Krankenschwe-
ster bei den Tito-Partisanen. Ihr Mann hatte
sich vor ein paar Jahren wegen einer schweren
Krankheit, aber mehr noch aus Kummer über
das Ende seines Jugoslawien mit seinem Par-
tisanengewehr erschossen, und sie bewohnte
nun allein ein winziges Haus (vergleichbar
etwa dem eines Straßenwärters) am Fuße des
Dicken Bergs, zwischen dessen Steilabfall gerade Platz für ihren Garten und einen Streifen
Kartoffellands war. Obwohl die alte Frau im

Zimmer den ganzen Nachmittag ihr Kopftuch aufbehielt, hatte sie, anmutig-stolz in ihrer Haltung und zugleich ständig sprungbereit, etwas von einer Befehlshaberin, oder von der einzigen weiblichen Person unter einer Hundertschaft von Soldaten, diesen gleichgestellt. Und sie würde bis an ihr Lebensende eine durchdrungene – nicht serbische, sondern jugoslawische Kommunistin sein; nicht allein für die Epoche nach dem Zweiten Weltkrieg – auch heute noch galt ihr das als die einzige, die einzig vernünftige Möglichkeit für die südslawischen Völker: vor dem deutschen Einfall 1941 habe es, in dem Königreich, einige wenige gegeben, welchen fast alles gehörte, und neben ihnen nichts als himmelschreiende Armut, und jetzt, in diesem serbischen Sonderstaat – dessen Machthaber, wie in den anderen Neustaaten, seien »Verräter« –, wiederhole sich das mit den paar allesraffenden Kriegsgewinnlern und dem frierenden Habenichtsvolk. (Und zumindest das stimmte, denn es sprang ins Auge, was Zlatko, der aus Österreich anderes gewohnte Auslandsserbe, einmal so ausdrückte: »Das ganze Volk friert.«)

Nachmittaglang saßen wir in der Grenzhütte, und als dann auf der einen Seite der Drina die Dorflichter angingen, blieb es jenseits vollkommen dunkel, oder verdunkelt?, während es vor dem Krieg von den Fenstern dort nur so hergestrahlt habe, eine Flußseite wie ein Spiegel der andern; und sie vermisse, sagte die alte Frau, die Bosnier, ob Serben oder Muslime, vor allem auch wegen des Obstes, mit dem diese, begünstigt im Obstbau durch die weniger steilen Berghänge, allherbstlich her über die Drina gekommen seien. (Auf der Rückfahrt von jenem Dorf an der Flußstraße dann die vom Autoscheinwerfer aus der Finsternis herausgeschnittenen Gestalten der hier einquartierten Flüchtlinge, zuhauf, welche seit Stunden schon warteten, in die Stadt mitgenommen zu werden – kaum ein Auto fuhr.)

Oder wir hockten auch nur, in Mäntel und Anoraks gewickelt, zu zweit, wohl als die einzigen regulären Gäste, bis weit nach Mitternacht in der längst lichterlosen Halle des Hotels »Drina« und erholten uns von dem Gesang und Geschmetter eines »Guslar«, eines der angeblich aus der Tradition Homers kommenden Sängers serbischer Heldensagen, welcher uns zuvor einen ganzen Abend lang die Ohren gefüllt hatte, noch dazu in einer engen Privatwohnung, sein Schmettern gesteigert von dem Beiklang seiner Gusla, Streichinstrument mit einer einzigen, dabei raffiniert verzopften Saite – erholten uns da im Dunkeln, indem wir einander weniger Heldisches, auch Blödsinniges, erzählten, oder einfach bloß auf das unendliche Flockengespindel weit auf der Hauptstraße schauten (und: stand dort das Auto noch?).

Abreise dann eines Frühnachmittags bei endlich nachlassendem Schneefall, auch da nur mehr zu zweit, weil Žarko (der angeblich »Feurige« oder »Glutende«) noch eine Zeitlang bei seiner Tochter und in Frau Olgas Wärmestube bleiben wollte (die »Deutsche Welle« gab ihm noch eine Woche frei). Und flußab also ging es, nordwärts, durch das bald schon dämmrige und bald und für lang nachtschwarze Serbien, an mehr und mehr matschigen Schneehaufen vorbei, welche bei der Überquerung der Fruška Gora, dem langrückigen Berg vor Novi Sad (für den großen Serbendichter Miloš Crnjanski einst nach dem Ersten Weltkrieg mehr Fremdheitsberg als Hausberg), sich noch ein letztes Mal zu eisigen Wächten aufrichteten. Und nach wieder einer Kaltnacht, im Hotel »Turist« der Vojvodina-Kapitale, frühmorgendlicher Einkauf von ein paar Packungen Zigaretten der Marke »Morawa« und »Drina« auf dem Novi Sader Markt und des serbisch-kyrillischen Pilzführers in einer Novi Sader Buchhandlung, beides gedacht für die Vorstadt von Paris. Und dort auch die einzige Begegnung meiner gesamten Serbienzeit mit anderen Reisenden, zwei jungen Burschen aus dem Staat New York, die mich nach einem billigen Hotel fragten und in Novi Sad einen Film drehen wollten, »only a short one«. Und auf dem Weg zur ungarischen Grenze dann vor Subotica, weiterhin in der Bitterkälte, bei sporadisch die fast schon pußtahafte Ebene durchschießenden Schneekörnern, wie eh und je die durch das Land irrenden oder schon tot und steinhart auf die Fahrbahn gestreckten Hunde (Zlatko: »In Rumänien liegen noch viel mehr!«); jener Spatz, der gegen die Frontscheibe krachte; und die noch und noch Rabenhorden auf dem meist leeren Asphalt, wozu mein Fahrnachbar dann einmal sagte, wie seltsam, daß immer auch noch jeweils eine Elster unter die Raben gemischt sei – gerade, als ich ihn auf ebendas aufmerksam machen wollte.

In den Jahren der jugoslawischen Sezessionskriege hatte ich mich wiederholt durch die neugegründete Republik Slowenien bewegt, einst »meine Gehheimat«. Solches Bewußtsein der Verbundenheit wollte sich dabei jedoch keinmal mehr einstellen, nicht für einen Augenblick (der wäre nicht flüchtig gewesen). Mag sein, das lag auch an mir, an meiner vielleicht kindischen Enttäuschung, zum Beispiel angesichts des herrlichen Bergs Triglav (einst der höchste von Ganz-Jugoslawien), dort nördlich des Wocheiner Sees in den Julischen Alpen, diesen Dreikopf zugleich als Neuerdings-Umriß auf den slowenischen Staatsautoschildern und der Staatsflagge zu wissen; und vielleicht bin ich auch falsch gegangen, hätte von mir aus dort neue

Wege gehen sollen, und nicht die dauerndgleichen.

Und trotzdem konnte solch jähes Abwenden, solch plötzliche Verschlossenheit und Unzugänglichkeit des Landes nicht bloß in meiner Einbildung liegen. Kaum einen Monat vor unserer serbischen Reise bin ich, wie üblich allein, durch die Wocheiner Talschaft gewandert, und von dort nach Süden über das Isonzotal hinunter und hinauf zu dem Karst oberhalb von Triest. Die Wocheingegend und ihr so lebendigstiller See ganz zuhinterst, von dem es nur noch ohne Straßen, hoch in die Berge, weitergeht, ist einmal ein mythischer Ort gewesen, auch für die Serben: zumindest gibt es von deren Dichtern nicht wenige Initiationstexte (oder Zeugnisse, Aufrufe zu einem weniger alltagsblinden, dichterischen Leben), die hervorgerufen sind von dieser Gegend der »slowenischen Brüder«.

Jetzt aber traf ich das bewährte Hotel »Zlatorog« (= ein Fabelsteinbock), eher eine Riesenalmhütte, hinten am Talschluß, vollends ausgerichtet auf die Deutschsprachigkeit, und am Eingang waren die gerahmten Photos vom einstigen Besuch Titos entfernt worden – nicht gerade schade darum – und ersetzt durch entsprechende Willy Brandts, wobei ich mich fragte, ob der nicht seinerzeit in Begleitung des Marschalls gekommen war. Und im staatlichen Fernsehen – sonst fast nur deutsche und österreichische Kanäle – wird dann wieder und wieder eine ausländische Handels- oder Wirtschaftsdelegation von strikt einheimischer Folklore angesungen, mit Hinzutritt schließlich des slowenischen Staatspräsidenten, eines einstmals doch tüchtigen und stolzen Funktionärs?, der jetzt aber in der Haltung eines Kellners, fast Lakaien, den Ausländern sein Land andient, so, als wollte es tüpfchengenau jener Aussage eines deutschen Unternehmers und Auftraggebers entsprechen, die Slowenen seien nicht dies und das, vielmehr »ein fleißiges und arbeitswilliges Alpenvolk«. Und frühmorgens dann der im übrigen nicht unerfreuliche Supermarkt, halb schon im Bergwald, hinterm Hotel, hat, womöglich noch vor dem einheimischen *Delo*, der Tageszeitung aus Ljubljana, das deutsche *Bild* bereit, gleich neben den Tuben- und Dosenstapeln mit Nivea, das bißchen Slowenische da nur kleinstreifenweis über den vorherrschenden deutschen Grundtext geklebt (Satz des ersten Kunden: »Ist *Bild* schon da?«). Und in dem immer noch schön ländlichen Bahnhof von Bohinjska Bistrica sind dann, natur- oder geschichtegemäß, die geradezu gemäldehaften Abbildungen der serbischen Klöster, der montenegrinischen Bucht von Kotor und des mazedonisch-albanischen Sees von Ohrid ersetzt worden – nicht einmal durch reinslowenische Landschaften, sondern durch Drucke von Kinderzeichnungen.

Ein kindlicher Staat also? Nur will es mir dazu nicht aus dem Sinn, wie, auch bei allen Reisen zuvor durch den neuen Staat, auf der verläßlich sanftweiten Karsthochfläche dann die Zugänge zu ähnlichen Bahnhöfen, und wenn die noch so fern draußen in der Wildnis lagen, plakatiert waren mit noch und noch staatlichen Aufforderungen zur (europawürdigen) Säuberlichkeit in der Landschaft und zur gegenseitigen Wachsamkeit diesbezüglich – wozu jeweils auch paßte, daß die zu hörende und nicht zu überhörende Rundfunkmusik im ganzen Land, wenn nicht kleinvolkstümlich, ausnahmslos als vornehme europäische Klassik erscholl, eine Art, selbst mit den hellsten Stücken eines Mozart oder Haydn das Reisendengemüt zu verfinstern.

Und einmal war ich so unterwegs gewesen zu dem grauweißen Kalksteinbahnhof weit außerhalb des Karstdorfes Dutovlje. Und beim Einbiegen dort von der Überlandstraße vermißte ich in dem Irren- und Siechenhaus an der sonst unbebauten Ecke das sonst während sämtlicher Wanderjahre da zu den Fenstern heraustönende Kreischen, Heulen und Zähneknirschen der Insassen: es war ausgewechselt entweder durch diskrete Stummheit hinter diesem Fenster oder gedämpfte Radioklavierkonzerte hinter jenem; und ging dann weiter zu der Station, wo aus dem alten, schwarzgebohnerten Wartesaal überhaupt jegliches Wandbild aus dem früheren Jugoslawien entfernt worden war, statt dessen am Bahnhofseingang wieder so ein öffentlicher Entschmutzungsaufruf; und sah dann am Wegende, vor der Karstsavanne, einen Lastwagen geparkt, mit einem Kennzeichen aus

Skopje/Mazedonien, früher auf den slowenischen Straßen keine Seltenheit, jetzt freilich eine Einmaligkeit, dazu der Fahrer bei der Rast, draußen im Steppengras, allein weit und breit, wie aus den Jahren vor dem Krieg übriggeblieben; und hörte dann die Kassette aus seinem Transistor, eine ziemlich leise gestellte orientalische, fast schon arabische Musik, wie sie hier einst mit tausend anderen Weisen mitgespielt hatte und inzwischen sozusagen aus dem Luftraum verbannt war; und der Blick des Mannes und der meine begegneten einander, momentlang, lang genug, daß das, was sich zwischen uns ereignete, mehr war als bloß ein gemeinsamer Gedanke, etwas Tieferes: ein gemeinsames Gedächtnis; und obwohl sich das Umland durch den Klang jetzt neu zu öffnen und zu strecken schien, bis in den fernsten, gleich schon griechischen Süden, verpuffte solch kontinentales Gefühl (im Gegensatz zum »ozeanischen« herzhaft) fast zugleich, und es zuckte nur ein Phantomschmerz durch die Luft, ein gewaltiger, mit Sicherheit nicht bloß persönlicher.

Danach durch Serbien reisend, hatte ich dagegen keinerlei Heimat zu verlieren. Nicht, daß das Land mir fremd war, in dem Sinn, wie einst das baskische Bilbao, vor allem mit seiner Schriftsprache, so befremdlich wirkte, daß ich dort einmal beim Betreten eines öffentlichen Pissoirs erwartete, selbst die Pißbecken dort würden unerhörte, nie gesehene Formen zeigen, oder hoch oben an den Wänden angebracht sein statt unten am Boden. Nein, weder wurde ich in Serbien etwa heimisch, noch aber erlebte ich mich je als ein Fremder, im Sinn eines Unzugehörigen oder gar vor den Kopf Gestoßenen. Beständig blieb ich ein Reisender, ja ein Tourist, wenn auch jener neuen Art, welche seit kurzem die Reiseforscher oder -wissenschaftler dem »Urlauber« als »nachhaltiges Reisen« vorschlagen. Denn das Reisen – siehe das Reiseblatt der *Frankfurter Allgemeinen Zeitung* vom 23. November 1995 – möge »endlich als wertvolles Gut begriffen werden«, was schwer sei, »solange die Wahl des Reiseziels abhängig ist vom Prestige, das ihm anhaftet«; kein »anbieter-, sondern nachfrageorientiertes« Reisen – nur so erfahre der Urlauber, »was seine Reise bewirkt«; kurz: »nachhaltiger Tourismus«.

Im serbischen Fall nachhaltig wie? Zum Beispiel ist mir von dort das Bild einer, im Vergleich zu der unsrigen, geschärften und fast schon kristallischen Alltagswirklichkeit geblieben. Durch den Kriegszustand? Nein, vielmehr durch ein sich offensichtlich europaweit geächtet wissendes ganzes, großes Volk, welches das als unsinnig ungerecht erlebt und jetzt der Welt zeigen will, auch wenn diese so gar nichts davon wahrnehmen will, daß es, nicht nur auf den Straßen, sondern ebenso abseits, ziemlich anders ist.

Geblieben ist mir, gerade in der eben kristallscharf zu spürenden Vereinzelung fast eines jeden dort, überhaupt erst etwas wie das sonstwo wohl zu Recht längst totgesagte »Volk«: faßbar, indem dieses im eigenen Land so sichtlich in der Diaspora haust, ein jeder in der höchsteigenen Verstreutheit (dazu bei meiner Rückkehr in dem Vogelschlafbaum am Vorstadtbahnhof die nachts vor Kälte geplusterten Vögel, jeder im Abstand zum andern, und zwischen den Leibern auch hier der fallende Schnee). Und geblieben oder nachhaltig ist, ganz profan gesprochen, einfach schon das Reisen in einem reinen Binnenland, sogar fast ohne natürliche Seen, nur mit Flüssen, aber was für welchen! – wer einmal so ein zünftiges Binnenland erleben möchte, einzig Flüsse, kein Meer weit und breit: auf mit ihm nach Serbien.

Und nachhaltig ist mir zuletzt vor allem das: Niemand kennt Serbien – frei nach der Erzählung von Thomas Wolfe, »Nur die Toten kennen Brooklyn«.

Und wenn ich auf sonstigen nachhaltigen Reisen, allein unterwegs, oft mir vorstellte oder wünschte, sie zu wiederholen in ausgewählter Gesellschaft, so wünschte ich mir diesmal, beinah ständig in einer solchen, mich in dem Land einmal ganz allein zu bewegen, und auch kaum im Auto: statt dessen im Bus, und am meisten zu Fuß.

Epilog

Aber bin ich in Serbien nicht einmal doch ganz allein gewesen? Das war an einem der Schneetage in der Grenzstadt Bajina Bašta. Noch in der Morgendämmerung machte ich mich auf den Weg, mit zwei Zielen (eingedenk meiner Lieblingsredensart »Dazu hättest du früher aufstehen müssen!«): Autobusbahnhof, und Drina, nicht bei der Brücke hinüber nach Bosnien, sondern irgendwo außerhalb, möglichst weit hinter den Häusern und Gärten, wo sie zwischen den Feldern und Viehweiden flösse, hüben und drüben.

Es war das und blieb ein dunkler Tag, mit den Gebirgen allerseits in Schneewolken. Schon den Busbahnhof mußte ich langwierig suchen, es gab keine Hinweisschilder, und fragen wollte ich nicht. Er lag dann, wie erwartet ein Flachbau, in einer durch einen Drina-Zufluß geschaffenen Senke, gegenüber das erste mir im Bajina Bašta vor Augen kommende

Haus mit einem Kreuz obenauf, sonst aber gar nicht kirchenhaft.

Im Busschalterraum die monumentalgemäldegroße Tabelle der Zielorte. Geradezu kalligraphisch hier die inzwischen geläufigen kyrillischen Schriftzeichen: БЕОГРАД (Beograd), und darunter, am Ende, СРЕБРЕНИЦА und ТУЗЛА, Srebrenica und Tuzla. Diese mächtige, dabei wie altertümliche Tafel galt jedoch nicht mehr. Der gegenwärtige Fahrplan war in einer Ecke darübergeklebt, ein kleinwinziges, formlos beschriftetes Stück Papier, und unter anderem gab es auch zu den zwei letztgenannten Orten keine Abfahrten mehr. Das Kaffeehaus daneben, eine Art Barackenhalle, war leer – bis auf eine alte Frau an einem sehr großen Tisch, dann als Wirtin oder Bedienung auftretend, zwei Schachspieler, die in der folgenden halben Stunde ungefähr zwanzig Partien Blitzschach spielten, und den einsamen Lokalältesten weit weg in einem Winkel, von wo aus er die ganze Zeit lauthals in den Raum hinein sprach, nicht für sich, sondern dringlich auf der Suche nach einem Zuhörer (der ausblieb).

Die Wanderung dann, querfeldein, fern von den letzten Stadtrandhäusern, wollte ich bald aufgeben: hoher nasser Schnee, der in die Schuhe rutschte, und zudem keinerlei Schrittspuren vor mir, wie zur Warnung. Und hatte ich die Drina nicht schon zur Genüge betrachtet? Und dennoch ging es, gingen die Beine, wie übrigens nicht zum ersten Mal in solchen Lagen, beständig weiter, auf den dunklen Auenstreifen zu, welcher Grenze und Fluß markierte. (In jenem rein-Kroatisch-Wörterbuch stand dazu für »luka«, Aue, nur noch die dem kroatischen Meerland entsprechende Bedeutung »Hafen«, während ich in einem anderen, einem Vorkriegs-Wörterbuch, dann noch »Prärie« fand.) Ob ich vom anderen Ufer betrachtet wurde? Nichts rührte sich dort in den Ruinen, oder doch unvollendeten Neubauten?, nein, Ruinen, und diesseits und jenseits wieder die haushohen, schwärzlichen, wie schon jahrealten Heukegel. Und endlich, nach der Durchquerung einer Senke, worin alle die Kleinvögel versammelt schienen, die ich zuvor auf der Reise durch Serbien so vermißt hatte, die Spatzen, die Meisen, die Rotkehlchen, die Zaunkönige, die Wiedehopfe, die Kolibris (nein, diese doch nicht), endlich, jetzt oben von einem kahlen Damm aus gesehen, wieder die Drina, schnell dahinströmend, breit, tiefgrün schimmernd, und fast fühlte ich mich dann, die Böschung hinabrutschend, an unabgeernteten, im Wind flappenden Maisäckern vorbei, zwischen den dichten Auenbüschen mehr in Sicherheit als auf dem Damm eben.

»Weiter gehst du aber nicht!« – und schon ging es, gingen die Beine mit mir zu den Büschen hinaus schnurstracks zum Ufer, an einem noch frischen Erdaushub vorbei, worin Massen von Patronenhülsen lagen (nein, doch nicht). Und ich hockte mich da hin, wobei der Fluß sich noch um einiges breiter dehnte, von den Spitzen der serbischen Winterschuhe bis zum bosnischen Ufer nun nichts als das kaltrauchige Drinawasser, in welches die großen nassen Flocken einschlugen, wobei ich mich bei dem Gedanken ertappte, ob ich auch in einem deutsch-deutschen Krieg so an einem Grenzfluß hätte hocken können. Flußabwärts, vielleicht kaum dreißig Kilometer weg, sollte das Gebiet der Enklave von Srebrenica beginnen. Eine Kindersandale dümpelte zu meinen Füßen. »Du willst doch nicht auch noch das Massaker von Srebrenica in Frage stellen?« sagte dazu S. nach meiner Rückkehr. »Nein«, sagte ich. »Aber ich möchte dazu fragen, wie ein solches Massaker denn zu erklären ist, begangen, so heißt es, unter den Augen der Weltöffentlichkeit, und dazu nach über drei Jahren Krieg, wo, sagt man, inzwischen sämtliche Parteien, selbst die Hunde des Krieges, tötensmüde geworden waren, und noch dazu, wie es heißt, als ein organisiertes, systematisches, lang vorgeplantes Hinrichten.« *Warum* solch ein Tausendfachschlachten? Was war der *Beweg*grund? *Wozu*? Und warum statt einer Ursachen-Ausforschung (»Psychopathen« genügt nicht) wieder nichts als der nackte, geile, marktbestimmte Fakten- und Scheinfakten-Verkauf?

Und weiter hockte ich so an der Drina und dachte, oder es dachte in mir, an das Višegrad des Ivo Andrić, vielleicht fünfzig Kilometer flußab – und insbesondere an jene in der »Brücke über die Drina« (Eigentlich »Auf der

Drina eine Brücke«), geschrieben während des Zweiten Weltkriegs in dem deutschbesetzten Belgrad, so messerscharf dargestellte Stadtchronistenfigur, einen Mann, der während all seiner Aufschreiberjahre von den örtlichen Ereignissen kaum etwas festhält, nicht etwa aus Faulheit oder Nachlässigkeit, vielmehr aus Eitelkeit und vor allem Hochmut – die Geschehnisse, gleich welche, sind ihm schlechterdings nicht festhaltenswert.

Und weiter dachte ich (oder dachte es) dort, und ich denke es hier ausdrücklich, förmlich, wörtlich, daß mir allzu viele der Berichterstatter zu dem Bosnien und dem Krieg dort als vergleichbare Leute erscheinen, und nicht bloß hochmütige Chronisten sind, sondern falsche.

Nichts gegen so manchen – mehr als aufdeckerischen – *ent*deckerischen Journalisten, vor Ort (oder besser noch: in den Ort und die Menschen des Orts verwickelt), hoch diese anderen Feldforscher! Aber doch einiges gegen die Rotten der Fernfuchtler, welche ihren Schreiberberuf mit dem eines Richters oder gar mit der Rolle eines Demagogen verwechseln und, über die Jahre immer in dieselbe Wort- und Bildkerbe dreschend, von ihrem Auslandshochsitz aus auf ihre Weise genauso arge Kriegshunde sind wie jene im Kampfgebiet.

Was war das etwa für ein Journalismus, wie etwa der, fort- und fortgesetzt, im deutschen *Spiegel*, wo Karadžić »zuerst dröhnte« und dann »einknickte«, und wo bei einem Abendessen jetzt während der Friedensverhandlungen im Militärcamp von Dayton – die bundesrepublikanischen Unterhändler sind dort, vom allwissenden Wochenblatt unter der Hand gesagt, natürlich die letztlich bestimmenden – einer der Teilnehmer folgend geschildert (?) wird: »Zwischen Kampfbombern und einer Attrappe der Nagasaki-Atombombe schien es vor allem Serben-Präsident Slobodan Milošević zu behagen?« (Wenn der Kroaten-Präsident Tudjman ein bekanntes, allzubekanntes, oder, hätte man früher gesagt, »sattsam bekanntes« Übel ist, so zeigt sich daneben Milošević, wenn er denn ein Übel ist, doch als ein bis heute ziemlich unbekanntes, welches von einem Journalisten zu erforschen wäre, anstatt zu beflegeln und zu denunzieren.) Und was ist das für ein Journalismus, in dem, eine Woche später, die durch den Vertrag unter die Macht des Moslemstaats gekommenen Serben von Sarajewo, wobei die *Spiegel*-sprache auf einmal von ihrer handelsüblichen Niedrigkeit überwechselt zu Biblischem, sich »betrogen sehen um ihren Judaslohn«? (Wozu der unvermeidliche »Balkan-Experte« in *Le Monde* dann unnachahmlich meinte, dort unten hätten »heutigentags sehr wenige die Lust, in Gebieten zu leben, wo nicht die Vertreter des eigenen Volkes die Gesetzgeber sind« – heutigentags erst? Und nur dort auf dem Balkan?) *Der Spiegel* ein Deutschen-Spiegel der besonderen Art.

Wohlgemerkt: hier geht es ganz und gar nicht um ein »Ich klage an«. Es drängt mich nur nach Gerechtigkeit. Oder vielleicht überhaupt bloß nach Bedenklichkeit, Zu-bedenken-Geben.

So kann ich zum Beispiel recht gut verstehen, daß der ständige Bosnien-Spezialentsandte von *Libération*, vor dem Krieg alles andere als ein Jugoslawienkenner, vielmehr ein quicker, stellenweise vergnüglich zu lesender Sportjournalist (brillierend vor allem bei der Tour de France), für seine Depeschen aus dem Kriegsgeschehen solche und solche Helden und daneben den gestaltlosen, uninteressanten, stieren Verlierer- oder Unter-ferner-liefen-Pulk im Auge hat – doch wieso muß er sich dann öffentlich belustigen über die »Absurdität« und die »Paranoia« dort in den serbischen Sarajewo-Bezirken, wenn er auf Transparenten die Frage liest: »Brauchen wir einen neuen Gavrilo Princip?« So wie ich es auch verstehe – freilich schon weniger gut –, daß so viele internationale Magazine, von *Time* bis zum *Nouvel Observateur*, um den Krieg unter die Kunden zu bringen, »die Serben« durch Reihe und Glied dick und fett als die Bösewichter ausdrucken und die »Moslems« als die im großen und ganzen Guten.

Und es interessiert mich sogar inzwischen, wie in dem zentralen europäischen Serbenfreßblatt, der *Frankfurter Allgemeinen Zeitung*, deren Haßwortführer dort, deren Grundstock des Hasses, ein fast tagtäglich gegen alles Jugoslawische und Serbische im Stil(?) eines Scharfrichters leitartikelnder (»ist zu entfernen«, »ist abzutrennen«, »hat kaltgestellt zu werden«) Reißwolf & Geifermüller – interessiert mich, wie dieser Journalist zu seiner Ausdauer im Wortbeschuß, von seinem deutschen Hochsitz aus, wohl gekommen sein mag. Ich vermochte diesen Mann samt seinem Schaum nie zu verstehen, doch inzwischen drängt es mich dazu: Kann es sein, daß er, daß seine Familie aus Jugoslawien stammt? Ist er, oder seine Familie vielleicht, wie etwa die deutschsprachigen Gottscheer, nach dem Zweiten Weltkrieg aus dem totalitärkommunistischen Titostaat gejagt worden, unschuldig, unter Leiden, als Opfer, als Enteigneter, nur weil er oder die Familie eben deutsch war? Wird dieser Schreiber vielleicht endlich einmal der Welt, statt mit seinen Hackbeil-Artikeln vom zerwetzten Riemen zu ziehen, erzählen, woher seine nimmermüde zerstörerische Wut auf Jugoslawien und Serbien rührt? Aber natürlich handelt (ja, handelt) er nicht allein; die ganze Zeitung weiß, was sie tut – im Gegensatz, scheint mir, zu dem und jenem bundesrepublikanischen Politiker seinerzeit beim Kurz-und-Kleinschlagen Jugoslawiens: an der Oberfläche hin und wieder von hellköpfiger, erfreulicher Vernunft, ist sie in ihrem Kern das Organ einer stockfinsteren Sekte, einer Sekte der Macht, und noch dazu einer deutschen. Und diese äußert jenes Gift ab, das nie und nimmer heilsam ist: das Wörtergift.

Und weiter dachte ich dort an der November-Drina, und denke jetzt hier an einem ähnlich winterlichen, nur stillen Waldweiher, über den gerade die Dutzende Hubschrauber mit den Staatsleuten aus aller Herren Länder hinweg-donnern, auf dem Weg vom Militärflughafen Villacoublay zur Unterzeichnung des Frie-densvertrags in Paris, am 14. Dezember 1995: Ob solch ein mechanisches Worteschleudern zwischen den Völkern, auch wenn zwischen Generationen dann darüber geschwiegen wür-de, vielleicht erblich ist, so wie ich es, in bezug auf die Serben, bei meinen Österrei-chern erlebt habe, einerseits als das alte gegen die Imperiumskiller gerichtete »Serbien muß sterbien«, andererseits als das wie neue, leut-selig-herablassend an die alpenländischen Slowenen gerichtete: »Kommt's doch zu uns!«? Würde je ein Friede geschaffen und erhalten von solchen blindwütigen Reflexmenschen quer durch die Generationen? Nein, der Friede ging nur so: Laßt die Toten ihre Toten begraben. Laßt die jugoslawischen Toten ihre Toten begraben, und die Lebenden so wieder zurückfinden zu ihren Lebenden.

Und ich dachte und denke: Wo war denn jene »Paranoia«, der häufigste aller Vorhalte gegen das Serbenvolk? Und wie stand es dagegen mit dem Bewußtsein des deutschen (und österreichischen) Volkes von dem, was es im Zweiten Weltkrieg auf dem Balkan noch und noch angerichtet hat und anrichten hat lassen? War es bloß »bekannt«, oder auch wirklich gegenwärtig, im allgemeinen Gedächtnis, ähnlich wie das, was mit den Juden geschah, oder auch bloß halb-so-gegenwärtig, wie es heute noch, quer durch die Generationen, den betroffenen Jugoslawen ist, die sich dafür aber von den Weltmedienverbänden einen Verfolgungswahn angedreht sehen müssen, ein »künstliches kaltes Erinnern«, ein »infantiles Nicht-vergessen-Wollen« – es sei denn, es

ginge zwischendurch um die auf einmal heißen, brandaktuellen, nachrichtendienlichen
Balkanverwicklungen eines österreichischen
Präsidentschaftskandidaten? War solch ein
deutsch-österreichisches bloßes Bescheidwis-
sen, aber Nichts-und-aber-nichts-gegenwär-
tig-Haben denn nicht eine noch ganz andere
Geistes- oder Seelenkrankheit als die sogenannte Paranoia? Ein sehr eigener Wahn?
Und nicht als ein Paranoiker-Land hatte zumindest ich auf meiner Reise Serbien gesehen
– vielmehr als das riesige Zimmer eines Verwaisten, ja, eines verwaisten, hinterlassenen
Kindes, etwas, das mir während all der Jahre
keinmal in Slowenien begegnet war (aber vielleicht, siehe oben, war ich nur falsch gegangen: schnauzte denn nicht kürzlich noch einer
aus dem Machtsektenorgan neu gegen das
kleine Land, es liebäugele »mit Althergebrach-
tem« und halte fest »am unsicheren Balkan«?),
und mir von Kroatien nicht vorzustellen vermochte, obwohl dabei die große jugoslawische Idee einst von dort ausgegangen war?
Aber wer weiß? Was weiß ein Fremder?
Und ich steckte die Hände in das Drinawin-

terwasser und dachte, und denke es jetzt: Ob es denn meine Krankheit sei, nicht so schwarzseherisch sein zu können wie der Ivo Andrić in seinem dabei dauerhaft lehrreichen Drina-Epos, unfähig zu sein zu seinem Gewißbild einer alle Jahrhunderte einmal zwischen den bosnischen Völkern wie naturnotwendig neuausbrechenden Kriegskatastrophe? War Andrić nicht ein Menschenkenner, so scharf, daß ihm davon manchmal die Menschen-Bilder verblichen? Sollte denn mit der Drina hier bis ans Ende der Zeiten die Aussichtslosigkeit dahinströmen? Und eins der Floße von früher zog da jetzt vor meinen Augen vorbei, obendrauf die berühmte Gestalt eines *splavar*, eines Drinaflößers – aber nein, nichts da. Und am bosnischen Ufer schmetterten jetzt die Zigeunertrompeten, aus Kusturicas Film?, den berühmten »Drina-Marsch« – aber nein, gar nichts.

Und ich dachte angesichts der Drina und denke es nun auch hier an dem Schreibtisch: Hat es meine Generation bei den Kriegen in Jugoslawien nicht verpaßt, erwachsen zu werden? Erwachsen nicht wie die so zahlreichen selbstgerechten, fix-und-fertigen, kastenhaften, meinungsschmiedhaften, irgendwie weltläufigen und dabei doch so kleingeistigen Mitglieder der Väter- und Onkel-Generation, sondern erwachsen, wie? Etwa so: Fest und doch offen, oder durchlässig, oder mit jenem einen Goethe-Wort: »Bildsam«, und als Leitspruch vielleicht desselben deutschen Welt-Meisters Reimpaar »Kindlich/Unüberwindlich«, mit der Variante Kindlich-*Überwindlich*. Und mit dieser Weise Erwachsenseins, dachte ich, Sohn eines Deutschen, ausscheren aus dieser Jahrhundertgeschichte, aus dieser Unheilskette, ausscheren zu einer anderen Geschichte.

Aber wie verhielt sich meine Generation vor Jugoslawien, wo es, und darin war der neue Philosoph Glucksmann im Recht, für unsereinen um die Welt ging, dabei aber grundanders als damals im Spanischen Bürgerkrieg: um das reelle Europa, parallel zu dem das übrige Europa zu konstruieren gewesen wäre? Ich kenne dazu von den mir etwa Gleichaltrigen fast nur das lieblose kalte Schmähen Joseph Brodskys, augen- und nuancenlos, wie mit einem rostigen Messer geführt, gegen die Serben, in der *New York Times*, und einen ebenso mechanischen, feind- und kriegsbild-verknallten, mitläuferischen statt mauerspringerischen Schrieb des Autors Peter Schneider für das Eingreifen der Nato gegen die verbrecherischen Bosno-Serben, überdies vor seinem deutschen Erscheinen schon französisch zu lesen in *Libération*, und italien- und spanienwärts wo? – Erwachsenwerden, Gerechtwerden, keinen bloßen Reflex mehr verkörpern auf die Nacht des Jahrhunderts und die so noch verfinstern helfen; aufbrechen aus dieser Nacht. Versäumt? Die nach uns?

Aber ist es, zuletzt, nicht unverantwortlich, dachte ich dort an der Drina und denke es hier weiter, mit den kleinen Leiden in Serbien daherzukommen, dem bißchen Frieren dort, dem bißchen Einsamkeit, mit Nebensächlichkeiten wie Schneeflocken, Mützen, Butterrahmkäse, während jenseits der Grenze das große Leid herrscht, das von Sarajewo, von Tuzla, von Srebrenica, von Bihać, an dem gemessen die serbischen Wehwehchen nichts sind? Ja, so habe auch ich mich oft Satz für Satz gefragt, ob ein derartiges Aufschreiben nicht obszön ist, sogar verpönt, verboten gehört – wodurch die Schreibreise eine noch anders abenteuerliche, gefährliche, oft sehr bedrückende (glaubt mir) wurde, und ich erfuhr, was »Zwischen Scylla und Charybdis« heißt. Half, der vom kleinen Mangel erzählte (Zahnlücken), nicht, den großen zu verwässern, zu vertuschen, zu vernebeln?

Zuletzt freilich dachte ich jedesmal: Aber darum geht es nicht. Meine Arbeit ist eine andere. Die bösen Fakten festhalten, schon recht. Für einen Frieden jedoch braucht es noch anderes, was nicht weniger ist als die Fakten.

Kommst du jetzt mit dem Poetischen? Ja, wenn dieses als das gerade Gegenteil verstanden wird vom Nebulösen. Oder sag statt »das Poetische« besser das Verbindende, das Umfassende – den Anstoß zum gemeinsamen Erinnern, als der einzigen Versöhnungsmöglichkeit, für die zweite, die gemeinsame Kindheit.

Wie das? Was ich hier aufgeschrieben habe, war neben dem und jenem deutschsprachigen

Leser genauso dem und jenem in Slowenien, Kroatien, Serbien zugedacht, aus der Erfahrung, daß gerade auf dem Umweg über das Festhalten bestimmter Nebensachen, jedenfalls weit nachhaltiger als über ein Einhämmern der Hauptfakten, jenes gemeinsame Sich-Erinnern, jene zweite, gemeinsame Kindheit wach wird. »An einer Stelle der Brücke war jahrelang ein Brett locker.« – »Ja, ist dir das auch aufgefallen?« »An einer Stelle unter der Kirchenempore bekamen die Schritte einen Hall.« – »Ja, ist dir das auch aufgefallen?« Oder einfach von der, unser aller, Gefangenschaft in dem Geschichte- und Aktualitäten-Gerede ablenken in eine ungleich fruchtbarere Gegenwart: »Schau, jetzt schneit es. Schau, dort spielen Kinder« (die Kunst der Ablenkung; die Kunst als die wesentliche Ablenkung). Und so hatte ich dort an der Drina das Bedürfnis, einen Stein über das Wasser tanzen zu lassen, gegen das bosnische Ufer hin (fand dann nur keinen).

Das einzige, was ich mir auf der serbischen Reise notierte, war – neben »Jebi ga!«, *Fick ihn,*

geläufiger Fluch – eine Stelle aus dem Ab-
schiedsbrief jenes Mannes, der, ehemaliger
Partisan wie seine Frau, nach dem Ausbruch
des Bosnienkrieges sich das Leben genommen hatte. Und hier notiere ich es noch einmal, in der gemeinsamen Übersetzung von
Žarko Radaković und Zlatko Bocokić, alias
Adrian Brouwer:

»Der Verrat, der Zerfall und das Chaos unseres Landes, die schwere Situation, in die unser
Volk geworfen ist, der Krieg (serbokroatisch
›rat‹) in Bosnien-Herzegowina, das Ausrotten
des serbischen Volkes und meine eigene
Krankheit haben mein weiteres Leben sinnlos
gemacht, und deswegen habe ich beschlossen,
mich zu befreien von der Krankheit, und insbesondere von den Leiden wegen des Unter-
gangs des Landes, um meinen erschöpften
Organismus, der das alles nicht mehr aushielt,
sich erholen zu lassen.«

(Slobodan Nikolić, aus dem Dorf Peručač bei Bajina
Bašta an der Drina, 8. Oktober 1992.)

[27. Nov. - 19. Dez. 1995]

Peter Handke
Mein Jahr in der Niemandsbucht
Ein Märchen aus den neuen Zeiten.
1072 Seiten. Leinen

»Ein schönes Buch, für lange Winterabende am Kamin. Wer keinen Kamin besitzt, wird sich an der unversiegbaren Sprache des Autors wärmen können.« *Fritz Rudolf Fries, Freitag*

»Hier wird das Erzählen – wie es nur bei bedeutender Literatur der Fall ist – noch einmal zu einer elementaren Gewalt.« *Anton Thuswaldner, Salzburger Nachrichten*

»Wer bei der Lektüre dieses langen Romans auf den letzten hundert Seiten angelangt ist, sehnt das Ende der Erzählung herbei. Aus nur einem Grund: Man möchte dorthin, wo man mit dem Lesen sofort noch einmal anfangen kann: an den Anfang.« *Jürgen Busche, Süddeutsche Zeitung*

»Ein schönes und strenges Exerzitium«, das »ganz bescheiden die ganze Welt und das ganze Leben noch einmal entwirft.« *Ulrich Greiner, Die Zeit*

»Eine wunderbare Heimatgeschichte für einen einzelgängerischen Fremden.« *Hans Haider, Die Presse*

Handkes Sprache »muß für alle Auch-Schreibenden ein Grund zum Neid oder zur Bewunderung sein . . . nur Barbaren dürften das verkennen«. *Joachim Kaiser, Focus*

»Hätte Peter Handke nur dieses eine Buch geschrieben: wir wüßten wieder, was der Künstler tut. Er verfaßt nicht einfach einen ›Text‹. Er erzeugt das Bild der Schöpfung, wo Wiedererkennen herrscht.« *Martin Meyer, Neue Zürcher Zeitung*